Dentes de leite
Antonio Pokrywiecki

cacha
lote

Dentes de leite

Antonio Pokrywiecki

When the stars threw down their spears
And water'd heaven with their tears:
Did he smile his work to see?
Did he who made the Lamb make thee?

The Tyger, William Blake

O BALNEÁRIO	9
O ANJO EXTERMINADOR	27
UM GRANDE BURACO	35
NÃO PERDEMOS POR ESPERAR	43
DENTES DE LEITE	51
NICO E KIRA	77
ILUSÕES PERDIDAS	97

O BALNEÁRIO

GUARDA 9

Uma formação rochosa divide a praia. Os banhistas ao lado esquerdo pisam sobre um tapete de cascalhos, flutuando em ondas mansas. Quem se aventura ao lado direito acaba eventualmente se ferindo em pedras desniveladas, cobertas por algas marinhas, em um mar escuro. À exceção do agrupamento de rochas, este ponto do balneário em pouco se distingue dos demais.

Entre os banhistas à esquerda, está um homem com pouco menos de trinta anos. Vamos chamá-lo X. Do mar, ele contempla a orla de um dos escassos balneários da região que ainda não foi entregue por completo à especulação imobiliária e à construção civil, as irmãs macabras, filhas do progresso. Embora se aviste um guindaste ao longe, o nome de uma construtora gravado em sua lataria, e algumas torres que vão timidamente tomando forma, o balneário ainda é circundado por pequenas mansões de veraneio e matagais verdejantes.

Nesta manhã, X e um grupo de amigos colocaram apenas o essencial em dois carros, e dirigiram até a praia. Com exceção de divergências em torno do controle do aparelho de rádio do carro, tudo corre bem. São amigos que raramente se veem: amizades da juventude que ainda não atravessaram o momento em que passam a se envergonhar de si mesmos e das decisões que tomaram, ou da má sorte que tiveram, e se isolam, como muitas vezes acontece; ou se isolam porque o tempo passou, tornando suas vidas tão diferentes e a convivência indesejável, como costuma acontecer; ou então as pessoas, pela falta de motivos concretos para continuar se vendo, simplesmente se afastam, sem nem pensar a respeito, como na maioria das vezes acontece.

Encontram-se uma vez ao ano, e tudo corre bem. Mesmo que a cada ano tenham de fazer um esforço maior, consciente e bem-intencionado, para encontrar temas em comum, para preencher o silêncio e – com a brutalidade da expressão – fazer o tempo passar.

A incorporação de namorados e namoradas torna tudo mais complexo. Por sorte, nenhum casal se formou dentro do grupo, isso seria letal para a continuidade dessa rede de relações, envenenando-a e, por fim, extinguindo-a lentamente.

Os amigos de X estão mais adiante, na Guarda 6. E lá está também sua namorada. Vamos chamá-la Y.

GUARDA 5

Com exceção de surfistas esporádicos, este é um ponto evitado por banhistas. Um ponto a ser evitado, é o que se diz, dando ao fim da praia este ar constante de isolamento, onde tudo que se ouve são as ondas quebrando nas rochas, e o uivo do vento contra as palmeiras.

Atrás da restinga, sobre um velho banco de madeira carcomido pelo tempo e pela maresia, um homem observa o mar, que suga de volta o que cospe, e então repete, cuspindo e sugando ininterruptamente, para sempre. A cada aniversário de morte, o homem vem celebrar o irmão diante do mesmo oceano que o engoliu, bem ali, para sempre.

Completam-se quatro anos hoje.

GUARDA 17

O amor saiu de moda. É o que escreveram com um graveto na areia da praia. H pisou sobre a mensagem por acidente. Uma distração. Olhou em volta, e não havia a quem pudesse atribuir autoria. Caminharam por cerca de cinco horas, atravessando trilhas, escalando pedras, estradas de barro, ladeiras e declives, até alcançar o fim da praia. A Guarda 17 é pouco difundida entre banhistas, por conta da dificuldade de acesso, constituindo uma paisagem remota e exclusiva. G e H traçaram o roteiro na noite anterior – a idealização partira mais de G, que conhecera a Guarda 17 anos antes, e intencionava dividir a lembrança com H, dando a ela um novo significado. Deixam as mochilas e seus pertences na areia.

De imediato, se dão conta de que uma corrente de esgoto desemboca bem ali. Ninguém quer bancar o estraga-prazeres. Andaram tanto, afinal... Entram no mar mesmo assim. Uma placa logo adiante afirma que a praia é própria para banho.

O mar é quente, sem ondas, de um verde-musgo, refletindo as árvores da encosta, escurecido pela abundância de algas. Ninguém quer estragar o momento. É difícil, contudo, ignorar que a encosta represa a água. Entre demorados beijos, dizem o que mais apreciam em seu par. *Os diamantes em suas costas*, diz H. Quando se beijam, porém, e o sal se faz sentir na boca, é difícil desassociá-lo do esgoto. *O rubi dos seus cabelos*, afirma G. De acordo com a placa de balneabilidade mais próxima, o grupo de cientistas e pesquisadores responsáveis determinou que as águas da Guarda 17 estão dentro dos parâmetros de densidade de dejeto e merda aceitáveis para que as pessoas possam nadar e inevitavelmente ingerir. Em uma escala cromática que vai do vermelho ao verde, a rotularam como própria para banho. Não demora e voltam à areia, em silencioso consenso.

GUARDA 8

Caminham à beira-mar, pai, mãe e filha. O pai, vamos cha-má-lo V; a mãe, W; e a filha, Z. Frequentam a praia há mais de uma década, seduzidos pela pacacidade de um balneário pouco popular, incrustado entre os morros ao norte do estado, testemunhando, ano a ano, as inevitáveis transformações.

Conheceram o balneário antes mesmo do nascimento de Z, de modo que sua infância é repleta de lembranças, verão após verão, deste lugar. As fotografias estão espalhadas pela casa, em porta-retratos. Z, no balneário, com pouco menos de dois anos de idade, construindo um castelo de areia. A família reunida posa para a foto. Z, aos quatro anos, no colo de V, o pai. O balneário ao fundo, W sorri ao lado. A câmera em plano baixo, Z correndo sobre a água, sem preocupações. Não tinha mais que sete anos.

Z acaba de celebrar seu décimo terceiro aniversário. Seu corpo estirou de um verão para o outro, superando a altura da mãe. Seus glúteos estão apertados por um biquíni ainda moderado – mais do que ela gostaria. A família caminha na ordem crescente das guardas. E desde que deixaram a Guarda 6, o pai não pôde deixar de perceber os olhares que outros homens reservam à sua filha. Alguns meninos a observam quando passam. Garotos de sua idade, ou até um pouco mais velhos, a encaram. Garotos virgens, aos quinze ou dezesseis anos, na orla do balneário, a alguns metros de seus pais... Conforme caminham na beira do mar, V se dá conta de que alguns homens adultos examinam sua filha detidamente. Observam o volume de seus seios, avaliam os glúteos. Até mesmo homens muito mais velhos ponderam se a menina já tem ou não idade para ser desejada e comida.

GUARDA 3

Uma criança está brincando, com a água na altura das canelas. Tem por volta de três anos, e logo se entedia. A mãe se levanta da espreguiçadeira e vai até lá, entender por que está chorando. Delibera que a exigência feita pela criança não poderá ser atendida. O choro, então, se intensifica. A criança se atira na areia, e um grito agudo rompe a tranquilidade no balneário, atraindo a atenção dos banhistas, em especial do pai, que, mais adiante, interrompe uma partida de frescobol e intervêm no conflito. Apoiado sobre os joelhos, diz algo à criança – irredutível, de início, mas que acaba por ceder em suas reivindicações quando o pai mostra a ela a raquete de madeira, e insinua que irá golpeá-la, se necessário.

GUARDA 9

Avançando pelo cascalho, chega-se a um bar, com mesas e cadeiras na areia. Um estabelecimento simples, à esquerda da formação rochosa que divide a praia, onde está X. Falaremos dele em outro momento.

No bar, um homem está sozinho, com uma garrafa de cerveja pela metade. A camisa aberta exibe a barriga e os mamilos. Está perto de chegar à meia-idade. Este homem tomou uma decisão. Vai cancelar mais um casamento. Vai repetir os padrões do passado, alguns dirão, só que dessa vez está velho e vai enfrentar uma solidão avassaladora, até, com sorte, conhecer e se envolver com outra mulher, alguém tão solitária quanto ele – provavelmente a única coisa que terão em comum.

Bebendo cerveja, ao som de sucessos populares, canções que inevitavelmente o fazem sentir culpado ou pressentir que se arrependerá, o homem conclui ter cometido um erro, anos atrás, ao entrar naquele relacionamento. Por que alguém tão avesso ao compromisso, tão avesso à ideia do casamento, se compromete a uma dinâmica que, na melhor das hipóteses, desencadeará nisso? Ele é capaz de supor. Um impulso à aniquilação de si mesmo; ou medo de ficar sozinho, alimentado pela consciência de uma série bastante consistente de rejeições durante toda a vida. Ironicamente, é a solidão que ele busca neste momento, quem sabe confirmando a suposição inicial.

Mais profunda que a aversão ao casamento é sua opinião acerca da paternidade. É isso que usará como pretexto. A mera ideia de desejar ter um filho com ele demonstra como sua noiva não o conhece em absoluto, como se envolveu com uma versão dele que, na realidade, não existe. *Não quero ter filhos*, dirá a ela, *porque não posso me encarregar de determinar como alguém deve ou não viver*. Dirá a ela que não enxerga como poderia ser uma boa ideia colocar alguém no mundo, ao menos agora, para viver como se vive. *Em um mundo de merda, onde se vive uma vida de merda. Ainda assim*, dirá a ela, *amo a vida, exatamente como ela é. Não mudaria nada, mas não posso dizer que é boa, a vida, ou que viver é bom. Além do mais*, ele dirá, *sou um exemplo de como se deve viver? Como seria capaz de criar um filho, consciente das circunstâncias? Apenas eu sei o quanto me odeio, ao mesmo tempo que amo a vida exatamente por isso. Não valeria a pena, eu penso, sem os tormentos que imponho a mim mesmo*, dirá ele a respeito da vida. *Como posso querer determinar como alguém deve ou não viver, se eu mesmo me odeio? Se amo a vida, mas não me sinto digno de viver, como posso ser pai? Como posso amar alguém que é fruto de algo imperfeito, algo que odeio e que anseio aniquilar?* Então, ele pensa, ela deve recuar. Se dará conta de que cometeu um erro terrível.

Se envolveu com alguém que não conhece ao certo, ou com uma imagem que criou para si. Com sorte, ele pensa, a ideia de acabar com tudo partirá dela.

GUARDA 12

Não pode deixar de pensar, enquanto as ondas lambem seus pés, no que aqueles homens, velhos e meninos, fantasiam realizar com *sua pequena*. Não pode deixar de imaginar aquele exército de pervertidos, abutres à espreita, avaliando se a carne ainda é pura ou se já é tempo de ser maculada; se já é tempo de investir contra ela, pensa o pai, com suas mãos sujas sobre a pele clara e macia de sua filha.

O que querem todos aqueles homens? O pai não consegue deixar de pensar, a ponto de ignorar por completo o que dizem sua filha e sua esposa na caminhada pela praia. As palavras o atravessam, disperso. Está preso neste pensamento, e toda vez que chega perto de se libertar, outro selvagem a devora com os olhos, e uma nova imagem se cria em sua mente.

Quanto à sua filha, como se sente? É incapaz de controlar este pensamento. Aos treze anos, a filha já tem desejos, está se tornando mulher. Imagina, quer, busca algo, ele não pode deixar de pensar. Os seios estão crescendo, os glúteos também. Os meninos já devem ter dito algo a esse respeito a ela, ele pensa. Na escola, certamente já ouviu comentários acerca da transformação pela qual seu corpo vem sendo submetido. Os meninos de quinze, dezesseis, e até alguns desesperados de dezessete ou dezoito, tentam a sorte com crianças de treze, quando os peitos começam a aparecer.

Mesmo na praia, acompanhados de suas famílias, os homens não têm pudor em examinar *sua pequena*, avaliá-la como se estivessem diante de uma peça de açougue, ele pensa. *Não, ainda não está pronta para ser comida,* ponderam uns. *Daqui a um tempo, poderemos comê-la à vontade, mas ainda não é o momento.* Quando percebem que V os está encarando de volta, alguns desviam o olhar. O que mais poderiam fazer? E quanto ao pai, o que mais poderia fazer, senão encará-los, confrontá-los com sua dignidade silenciosa? O que ele deveria fazer nessa situação, afinal de contas, e o que mais seria capaz de fazer, ele se vê pensando...

GUARDA 9

Y não tem dificuldade para se relacionar com o grupo de amigos do namorado. A timidez, nela, se expressa em uma necessidade de preencher o silêncio, às vezes desesperadamente, às vezes falando mais alto que devia, falando, inclusive, o que não devia. O que, ele já se deu conta, o incomoda mais do que aos outros. Não é um problema para X deixá-la com seus amigos por um instante e partir para um mergulho solitário mais adiante, onde uma formação rochosa divide a praia. Sabe que tudo correrá bem entre eles.

Tiveram uma briga séria na noite anterior. Há algo a se resolver entre eles, e disfarçá-lo vem drenando a energia social de X, à margem esquerda, flutuando no mar calmo, de olhos fechados.

Na noite anterior, Y se irritou pela forma como X estendeu um pano de pratos. X, por sua vez, irritou-se por Y ter se irritado por tão pouco, o que a deixa ainda mais irritada porque X, além de estender o pano de pratos daquela maneira, se acha no direito de ficar irritado quando o confrontam. *Eu não fico irritado quando me confrontam,* ele deve ter dito, irritado com a insinuação da namorada, que se irrita pelo estado de negação de X, que dirá que não está em negação, e assim por diante. Acabam quase sempre seguindo esse padrão. Irritam-se um com o outro, o tempo todo, por motivos pouco relevantes. Tem sido assim.

Não faltariam motivos mais adequados à irritação. Y, por exemplo, não sabe se quer construir uma família tão cedo. É uma grande decisão. No entanto, quando vê X trazendo suas roupas, alguns pequenos móveis ou adereços para sua casa, meio que se estabelecendo, não consegue expressar sua irritação. X, por sua vez, não está nada feliz com a frequência com eles que têm feito sexo. Na verdade, isso o tem atormentado. E não conseguem conversar a respeito de suas grandes questões porque, de algum modo, se amam demais – ou acreditam que se amam demais.

Conheceram-se três anos antes. X trabalhava em um pet shop, Y em uma floricultura, e saíram para fumar no mesmo horário, no mesmo ponto de ônibus. Alguém esqueceu o isqueiro, e por aí vai. Começaram a repetir a coincidência, todos os dias. Adoram contar essa história, uma história de amor verdadeiro. É natural que eles temam perder o que têm. Apesar de tudo, é um bom relacionamento, ele pensa. É bom quando vão ao cinema, ou a um restaurante. Se divertem como se tivessem acabado de se conhecer. Além do mais, ela se dá bem com seus amigos, e isso é tão raro, tão precioso! Não há amizade que sobreviva à resistência de um parceiro. É inevitável uma ruptura ao longo do tempo, ou um silencioso afastamento, como acontece na maior parte das vezes. E não apenas com seus amigos, Y se dá tão bem com sua família… quão difícil é isso? Quantos têm o privilégio de encontrar alguém que se dê bem com a família? Na noite anterior, após afirmar que X nunca assume o que faz, Y acabou por dizer a ele, enquanto ajustava o pano de pratos à sua maneira, que talvez eles não possam, ou não devam, viver juntos. Se ele continuar fazendo aquilo com os panos, por exemplo.

Eles têm mil motivos para terminar o relacionamento, e mil outros para deixar tudo como está. Ela não apenas se dá bem com sua família, como até mesmo fez uma observação perspicaz a respeito de seu pai. Mais especificamente sobre o fato de seu pai não falar olhando nos olhos do interlocutor, nunca. O que aquilo significava, afinal? X não havia percebido até então, mas era verdade. Seu pai jamais encarava um interlocutor. X se recorda de caminhar ao lado dele, por quarenta, sessenta minutos, anos atrás, sempre ao fim da tarde. Era quando tinham as conversas mais longas, porque o pai falava olhando para frente, fixamente. Essa percepção aguçada de Y em relação às pessoas o atrai desde o primeiro dia. Certa vez, o pai de X a olhou nos olhos e fez um comentário rápido. Quão raro era aquilo?

Ela poderia pegar mais leve com o pano de prato e tudo mais. Nem todos têm uma opinião forte a respeito, nem todo mundo tem considerações marcantes sobre como as toalhas de rosto devem ser dobradas, ou a melhor maneira de se descascar uma fruta, em qual braço do sofá deve ficar o controle remoto.

GUARDA 4

Os utensílios que E leva à praia resumem o curso da última década para ele; e, de certo modo, o espírito de sua geração. Ou, ao menos, de seu espírito, individualmente.

À direita, um cooler de um azul-marinho já desgastado pelo tempo, as bordas corroídas, e um tampo sobre o qual se inscreve o nome da empresa que lhe concedeu o primeiro trabalho, ou o primeiro a se levar em conta, dez anos atrás. Vamos chamá-la A, um grande conglomerado de mídia, no qual exerceria uma função estritamente operacional – a criação do cargo que ocupava era uma formalidade, o cumprimento de uma indesejável obrigação legal. Lá trabalhou por quase dois anos, dedicando-se ao máximo para ser efetivado. Não conseguiu, e nunca mais viria a trabalhar no mercado de telecomunicações.

Oscilou, então, entre trabalhos informais e ocupações comissionadas, sem jamais se encontrar, sem jamais vislumbrar um próximo passo para sua carreira, se é que se podia chamar assim. Até ser admitido, anos depois, em uma pequena empresa, vamos chamá-la B.

Lá encontrou um salário digno, corrigido anualmente conforme a inflação. Vamos supor que B, cujo nome está estampado no guarda-sol fincado na areia do balneário, fosse uma empresa que comercializa produtos de higiene pessoal. Gerida por quatro idosos avarentos e pouco ambiciosos – ou apenas práticos demais, faltando a eles o idealismo que encontraria de sobra em C, companhia da qual falaremos a seguir –, os investimentos aplicados pela empresa em seu quadro de funcionários e matéria-prima, e consequentemente em seu produto final, a impossibilitava de expandir e concorrer em novas praças, submetendo sua marca e funcionários à estagnação. Ao constatar, ao fim de um período de três anos, que se enterrava em um lugar onde os velhos da profissão vão para morrer, e jovens como ele não tinham outro destino senão definhar e apodrecer – ao se dar conta de que ali não poderia haver nada além do extermínio de sua ambição e de seu espírito idealista – ele decidiu que era o momento de partir.

Tem em mãos um livreto de autoajuda, que se anuncia com o objetivo de guiar o indivíduo em uma reflexão sobre o ano que passou, para que possa então planejar o próximo, com um conjunto cuidadosamente selecionado de perguntas e exercícios. Por que achou que seria uma boa ideia *rever e celebrar* o ano que está deixando para trás? Nada poderia ser menos prazeroso do que pensar neste último ano. Seria melhor esquecer, ignorar sua existência por completo. Deixou a empresa B tão logo recebeu a proposta da C, uma companhia emergente no mercado de tecnologia, fundada por pessoas tão idealistas quanto ele, pessoas de uma ambição que o encantou desde o primeiro momento. O salário, agora sim, era acima da média, e evoluiria conforme a dinâmica das ações da companhia, até um ponto em que receberia uma quantia desnecessariamente alta, um excesso para sua idade, para um homem sem filhos, como ele. Um salário alto demais, condizente a um cargo alto demais para alguém de sua idade, alguém como ele, sem filhos.

Precocemente bem-sucedido. Promissor demais para se deixar ir embora, por isso a empresa lhe deu tudo que pedira. Um salário cada vez melhor, todo e qualquer recurso que necessitasse. Poder, isso também lhe concederam, com responsabilidades cada vez maiores, sobre uma pressão cada vez mais intensa por continuar sendo excepcional. Talvez teria sido melhor fazer um filho, um motivo para suportar a tensão. Colocaram-no sobre uma pilha de dinheiro que crescia conforme a dinâmica das ações da companhia, acima da qual não se pode sentir outra coisa senão vertigem. Um homem da sua idade, não se pode deixar partir. É o que diferencia B de C, que lhe deu tudo, cedeu em toda e qualquer oportunidade. Não é uma vítima. Tudo que quis, teve; em troca, cedeu a energia vital de seus melhores anos, sua força propulsora. Investiu, inocentemente, aquilo que tinha de mais valioso nos interesses de C. Em troca, lhe deram tudo que desejou, até mesmo esta cadeira de praia, reclinada à sombra do guarda-sol, onde E trabalha no livreto de auto-ajuda.

GUARDA 9

Um grupo de crianças segue, à distância, um homem que carrega um detector de metais pela praia. Ele veste uma camiseta regata, na cabeça uma espécie de sombreiro. Caminha calmamente, sondando a areia, recebendo sinais em seus fones de ouvido. Seus amigos, e também a família, não escondem o estranhamento e, em certo sentido, a incompreensão. Já as crianças têm a expectativa de testemunhar o descobrimento de um tesouro, um antigo baú abarrotado do que restou das pilhagens de algum pirata do passado. O homem encontra, eventualmente, joias incrustadas na areia. Colares, brincos e anéis. Sobretudo, anéis – muitos deles com nomes ou datas inscritas. Celebra cada peça encontrada, com motivações estritamente recreativas, e guarda suas descobertas em um estojo de madeira, na penteadeira de seu quarto. Na maior parte das vezes, acaba não encontrando nada. Costuma ter boa sorte nessa época do ano. Hoje, no entanto, assim como na maior parte das vezes, acabará não encontrando nada.

RECANTO ESCONDIDO

Uma modesta abertura de areia, bem além das pedras que marcam o fim da orla, uma estreita praia acessível apenas por um caminho de trilha pela mata. Banhistas desavisados podem se surpreender com lagartos, ou até, raramente, pequenas cobras, rastejando nas proximidades. Distante do centro do balneário, o Recanto Escondido oferece aos seus visitantes águas cristalinas, com um tom predominantemente esmeralda, refletindo a natureza que o abraça.

Não é garantido, no entanto, a quem chega ao final da trilha, que se encontre um espaço na areia deste estreito pedaço de paraíso, ao menos nesta época do ano. Há pessoas sobre as pedras, e a água está repleta de banhistas. Botes e lanchas se aproximam, conduzidos por guias contratados por agências de turismo, marinheiros aposentados ou desempregados, em sua maioria, desembarcando seus clientes para um passeio de quarenta e cinco minutos, em que praticarão mergulho e farão fotografias.

Parecia menor nas fotos, reflete R acerca do novo barco de seu tio, N. Em torno do leme, há um confortável deck com sofás de tecido impermeável, composto por poliéster e algodão. As extremidades do teto são adornadas por um espelho, ao centro do qual se constitui um painel com arandelas de alumínio. Atravessando os balcões de mármore escuro da cozinha adjacente, se chega à área externa. Em volta da mesa, de um lado, cadeiras de madeira maciça, com encosto de palha trançada; do outro, um longo sofá de canto, repleto de almofadas. No deck superior, a estrutura se repete, com exceção da cozinha, substituída por um modesto bar; além do teto retrátil, que faz sombra em dias de calor.

Há ainda uma terceira estrutura, ao nível do mar, onde os familiares se aglutinam em espreguiçadeiras, sobre uma plataforma que dá acesso à água. Crianças mergulham, supervisionadas, com espaguetes e boias de braço. Não tão longe dali, R flutua em um L inflável, da cor amarela, as mãos em concha atrás da cabeça, os pés cruzados, óculos escuros, cheiro de piscina e protetor solar.

No deck superior está seu tio, N. Veste uma camiseta branca, simples, e segura uma taça de mimosa. Alguns familiares se aproximam dele, gente da qual R não lembra o nome. N é um homem reconhecidamente calado. Tímido, diriam, de modo que tão pouco se sabe a seu respeito. É a primeira vez que R e sua família vêm ao balneário, e a primeira vez que veem ou pisam em um iate. Observa os pais conversando entre si, nas espreguiçadeiras do nível baixo. *Certamente*, ele pensa, *estão comparando esta praia à que sempre vão. Certamente,* ele pensa, *estão dizendo que preferem a outra.*

Se R bem os conhece, seus pais estão procurando motivos para criticar o roteiro, criticar o tio por tê-los colocado em um barco como aquele e por ancorá-lo diante do Recanto Escondido, onde mais adiante os banhistas disputam metros quadrados entre si – encarando-se mutuamente, a família e os banhistas, dando forma às suas respectivas paisagens.

Parte se deve ao fato de serem irmãos, o tio e seu pai. Outra parte se deve à inveja em um estágio mais puro e menos complexo. Simplesmente inveja. Diferente do que se possa imaginar, N não obteve vantagem alguma em relação ao irmão. Frequentaram as mesmas escolas, e logo acabaram em trabalhos pouco estimulantes, e que pagam tradicionalmente mal. Ninguém pode, na verdade, apontar a origem do dinheiro. No deck superior, com uma taça de mimosa, e uma camiseta branca, simples, está um homem que enriqueceu da noite para o dia, e que, agora fica claro, ninguém conhece ao certo.

GUARDA 8

Estive em tantas cidades, ela pensa, nas proximidades de um posto de salva-vidas desativado. *Durante minha vida, estive em diversas cidades. Em algumas até morei. E o que posso dizer delas? Muito pouco. Tantas cidades e tão pouco a dizer sobre elas. O que sei a seu respeito? Quase nada. Anos atrás, me sentia angustiada, com uma ânsia irreprimível de conhecer e desbravar. Mas o que sei do que conheci? O que lembro, agora, dos lugares onde estive? Fragmentos cada vez mais frágeis, se dissipando conforme o tempo passa. Anos atrás,* ela pensa, *gostaria de compreender e classificar os povos, seus comportamentos, sua cultura. No entanto, tudo que sei sobre onde estive, as cidades em que vivi, tudo que posso dizer sobre elas, se restringe a minha vivência, minha estreita experiência em apartamentos e quartos de hotéis, com alguns livros e raros amigos – que não podem,* ela pondera, *definir como vive ou pensa um povo.*

Próxima a um posto de salva-vidas desativado, ela está sentada em um canteiro. Às sete da noite, o mar cintila, prateado. A lua minguante em um céu lilás. E tudo que se pode ouvir é o vento e o marulho distante. A praia quase vazia, tudo isso a comove. *Por que fui embora daqui?* A essas horas, na praia, tudo enfatiza a solidão das pessoas naquele balneário, em especial dos moradores. Pessoas que ali nasceram e ali permanecerão até o fim de seus dias, a quem o mundo se restringe ao balneário em si. Pessoas felizes e generosas. Ao pensar que passou tanto tempo desprezando-as, ela se sente melancólica. Não apenas ao refletir sobre o quão sozinhas e ordinárias são aquelas pessoas, mas por se dar conta de que não as conhece. Nada sabe sobre elas, ou aquilo que julga saber é, na verdade, um reflexo de si mesma, e de sua própria psicologia. Um exercício estúpido de transferência. *Estive em tantas cidades,* ela pensa, *e o que posso dizer do lugar em que nasci? Muito pouco. E das pessoas dessa cidade que é minha? Quase nada,* ela pensa.

O ANJO EXTERMINADOR

Suzanna desfila com seu novo casaco de pele. Vai do quarto à sala, e então volta, martelando o piso com os saltos. No dia anterior, enfeitava a cabeça com uma tiara amarela. Vestia uma jaqueta ornada com pedras brilhantes. Pintou o rosto, fez as unhas. Pesadas argolas em suas orelhas. Dou a ela tudo que precisa.

Você gosta?
Sim, meu amor, eu adoro.

O alimento chega por um sistema de roldanas, que permite com que outras coisas subam e desçam – as roupas novas de Suzanna, seus brincos e adereços, as plantas que encomendamos, especiarias armênias, guloseimas, que sobem; nossos dejetos e excrementos, entre outras inconveniências, que descem.

Vivemos em uma Torre de Aço e Vidro, como tantas outras. Em algumas torres, o material predominante é o vidro: são as chamadas de Torres de Vidro e Aço, altas e imponentes, onde se pode fumar nas sacadas e se bebe vinho ao anoitecer. Da nossa janela, à direita se avistam as Casas Baixas, o Grande Mercado, os Trilhos do Trem. Também a Masmorra. À esquerda se avistam Torres de Vidro e Aço, as quais Suzanna, percebo há algum tempo, contempla com uma cobiça velada.

Digo a ela que somos afortunados, ainda que não vivamos em uma Torre de Vidro e Aço – porque muitas pessoas, pelo direito de habitá-las, aceitam que suas janelas proporcionem vistas enfadonhas e nada honrosas, como o Morro, a Mata Densa e o Velho Comércio. Sem mencionar a Antiga Estação, onde apinham-se ladrões, mendigos e vagabundos – em resumo, Cidadãos Miseráveis. Digo a ela que temos sorte, pois ao olhar para frente vemos o Grande Lago.

Tudo seria mais difícil sem Suzanna. É uma mulher madura e inteligente. Suas piadas me fazem rolar de rir. Como é engraçada e perspicaz! De fato, uma mulher admirável. Bonita também, a mais bela das mulheres, vaidosa e gentil. De todo modo, isso é o que menos importa. Nossas opiniões e preferências se espelham. Conversamos sobre a vida, a política, os livros e os filmes, em harmoniosa concordância. Assistimos a filmes, alguns excelentes, outros terríveis. Em certos filmes, discordamos no que se refere à qualidade, ou à mensagem e aos simbolismos. Logo nos conciliamos transando demoradamente. Suzanna é criativa, e isso é novo para mim. Nunca mais me envolverei com uma mulher que não seja criativa.

Tenho sorte em tê-la por perto.

Perdemos o gato, disse a ela.

O gato é preto, com exuberantes olhos verdes. Gosto de quando se deita em meu peito, para que eu possa admirá-los. *Onde pode ter se metido?* Revirei o guarda-roupas, procurei na banheira e também na privada. Na máquina de lavar, no armário onde guardamos os pratos. Também não estava na sapateira, onde costuma se esconder, tampouco na gaveta de cuecas.

Não vai me ajudar a procurar?, perguntei em tom de queixa.

Suzanna estava assistindo ao noticiário, compenetrada. Tomei o controle remoto e desliguei a televisão.

Estamos seguros, não se preocupa. Agora me ajuda a procurar.

O administrador da Torre enviou a todos os moradores uma cesta com flores e frutas, indicando a chegada da primavera. Suzanna a pegou no sistema de roldanas.

Há quanto tempo estamos aqui?

Algo entre três ou quatro meses, meu amor.

Há algum tempo já não faz diferença.

Como são fascinantes as mulheres criativas: não preciso dizer a ela o que fazer. Suzanna sabe despertar o que há de mais repulsivo em meu coração. Suas palavras ativam prazeres até então desconhecidos, carregados de culpa.

Não preciso ter vergonha com Suzanna.

Nos demoramos na janela, tomando café ou cerveja. Em frente ao Grande Mercado, Cidadãos Miseráveis suplicam por esmolas. Vemos também Comedores de Lixo, nefasta subclassificação de Cidadãos Miseráveis. Naturalmente, pessoas a serem evitadas. Gritam entre si, riem alto. Brigam em meio à madrugada. Às vezes choram, o que perturba o sono dos habitantes das torres.

Ainda que sejam desagradáveis e preferiríamos que fossem lamentar suas angústias em outro lugar, somos sensíveis aos Comedores de Lixo. Suzanna, que além de tudo é generosa, demonstra por eles uma compaixão especial. *O que será deles?*, me questiona, referindo-se, é claro, ao Anjo Exterminador. *O que será dos Miseráveis e dos prisioneiros da Masmorra?*

Estão condenados e fodidos, é claro. Não é isso que digo a Suzanna, que é inocente e se vê acometida por uma ansiedade paralisante sempre que algo a surpreende. *Eles vão ficar bem*, é o que digo a ela. *Vai passar.*

O Grande Lago é cercado pelo Parque, onde se pode relaxar, pedalar, comer, namorar... Ao olhar para as águas, os habitantes das torres verão aqueles que estiverem no Parque ampliados em projeções colossais e minuciosas. Quem vai ao Parque e olha para o Grande Lago, vê nele refletido um amplo painel, onde se contempla os habitantes das torres, reduzidos a miniaturas de si.

Quem vai ao Parque se arruma como pode. Veste suas melhores roupas, penteia-se com diligência. Os mais inseguros vestem máscaras e fantasias. Há aqueles que tentam se mostrar mais felizes do que na verdade são, e também os que se demonstram entediados, cansados da vida. Uma desenvoltura consistente poderá render comentários de júbilo e enaltecimento dos habitantes das torres. Caso alguém demonstre insegurança ou hesitação, insultos serão sussurrados pelos corredores, e comentários maldosos serão enviados em papelotes por meio dos sistemas de roldanas.

No momento, não queremos ver outra coisa senão o reflexo dos habitantes das torres da outra margem, certificando-se de que estão todos seguros e em casa. Acima de tudo, que ninguém esteja se sacrificando menos que nós.

O merdinha do Jorge Washington – que faz o tipo entediado – teve a audácia de ir ao Parque. Está atirando pedras no Grande Lago, tremeluzindo as águas. Tudo para chamar atenção.

Que o Anjo Exterminador queime tua casa, maldito. Que tua família seja a primeira a morrer, e que tu voltes ao Grande Lago para nos contar como foi.

O administrador da Torre enviou pequenos discos aos moradores, para não nos esquecermos que um dia a vida foi diferente. Em cada pequeno disco, o administrador transcreveu algum elemento, fenômeno ou sensação. Reproduzimos o primeiro disco, aquele onde inscrevia-se *CHUVA*, e ouvimos o gracioso gotejar da água nas calhas. Eram centenas de pequenos discos. Ouvimos o *VENTO DA MONTANHA*, e também *PESSOAS DEIXANDO A ESTAÇÃO*. Por fim, escutamos o tocante *VENDEDOR DE AMENDOINS À PORTA DA IGREJA*.

Por que está chorando?, perguntei a ela.

Eu já não lembrava como era...

Quando anunciou-se, pensamos no Anjo Exterminador descendo dos céus em uma imponente forma humana, com longas asas. Belo como a morte, duro como mármore. Cobriria a todos com seu manto, e então pagaríamos por nossos pecados. Estávamos enganados. Na televisão, referem-se a ele como uma figura invisível e impiedosa, fiel à sua determinação e nada mais.

Pensamos também que Deus seria justo e ponderado. Que seria misericordioso com os Comedores de Lixo. Os moradores das Torres de Vidro e Aço, estes sim, estariam condenados ao castigo severo por viverem melhor às nossas custas. O Anjo Exterminador arrasta consigo os imprudentes e também os inocentes, sem distinção. Logo os corpos dos Comedores de Lixo estarão empilhados em frente ao Grande Mercado, o que aborrecerá os habitantes das torres mais próximas.

E então descobriremos que estávamos enganados, mais uma vez. Que todo pensamento esperançoso que tivemos até aqui era equivocado.

Suzanna está me ensinando a dançar. Descreve como devo avançar, recuar, e quantas vezes devo fazê-lo. Em uma desastrada tentativa, quebramos uma taça de vinho. Rimos juntos, sem represálias. Só depois me dei conta de que me cortara, deixando o piso imundo. Continuamos dançando, era uma canção antiga.

Me recordo as viagens
Cenários e paisagens
Choro por amantes
Ternas e adoráveis

Será que nos dizem a verdade?, perguntei a ela, com a cabeça apoiada em seu ombro. Apertei-a contra mim, meu rosto em seus cabelos. Sua pele perfumada. Apertei-a, como se reafirmasse algo.

Fez silêncio. Gostaria que respondesse que não. Continuamos dançando.

Por um instante, me questionei se era de fato criativa. Se era tão admirável assim, ou se eu estaria me condicionando a pensar isso a seu respeito. Se eu tinha mesmo sorte em tê-la por perto. Se ela não me convencia de seus atributos virtuosos porque era cômodo. Tudo seria mais difícil sem Suzanna. Seria isso o bastante para que eu a amasse?

Noites divertidas, ao fim das quais um pensamento nos ocorre.

O administrador da Torre enviou a todos um rolo de etiquetas, para que não esqueçamos o nome das coisas com o passar do tempo. E para que não demos novos nomes a elas. Eu mesmo as busquei no sistema de roldanas.

Escrevi *TELEVISÃO* em uma etiqueta, e a colei na televisão. Escrevi *GELADEIRA*, e a colei na geladeira. Fiz o mesmo com a lâmpada, com a espreguiçadeira, com o massageador de pescoço. Escrevi *GATO* em uma das etiquetas, e a colei sobre o cantinho da estante onde o gato costumava descansar. Como preciso de um exaustor, e devo adquiri--lo em breve, colei sobre o forno uma etiqueta onde lê-se

EXAUSTOR. Fiz o mesmo com as samambaias que ainda vou pendurar na sala, e com os quadros que um dia enfeitarão as paredes. A casa será muito mais bonita se tivermos tudo que as etiquetas dizem ter.

Quando Suzanna se recuperar de sua ansiedade paralisante, colarei nela uma etiqueta com seu nome, sem que ela perceba.

É mesmo audacioso o Casal Valverde, que dá as caras no Grande Lago a esta altura. O Casal Valverde não saberia fazer o tipo entediado, como o merdinha do Jorge Washington. São felizes demais para isso. Ignorantes também, é claro. Porém simpáticos e gentis. Cultivávamos algum respeito por eles, até tomarem essa desastrosa decisão, enquanto nos sacrificamos, confinados.

Que o Anjo Exterminador os envenene. Que a casa desta família seja a primeira a arder, e que voltem ao Grande Lago para nos contar como foi.

Suzanna me toca os ombros, melancólica. Quer ir ao Grande Lago.

O que será de nós ao fim disso tudo? Iremos ao Grande Lago, nos mudaremos para uma das Torres de Vidro e Aço… e então seremos felizes? Suzanna é a mais bela das mulheres. Se formos ao Grande Lago, os homens irão aplaudi-la, e na tentativa de tocar seu reflexo muitos cairão das torres. Os Comedores de Lixo nos dirão coisas terríveis. Ainda vamos nos achar criativos, eu e você? Maduros e inteligentes? Estaremos satisfeitos? Continuarei te achando engraçada, Suzanna? Ainda transaremos demoradamente? Ainda fará as unhas, pintará o rosto? Viveremos em harmoniosa concordância? O que será de nós?

Assistimos ao Casal Valverde por longas horas, em silêncio. É uma boa vida.

UM GRANDE BURACO

O homem acorda e sai para comprar uma torta. Escolhe a torta de maçã, como de costume. O cachorro do vizinho rosna para ele no elevador. Quer roubar a torta, o cachorro. O vizinho sorri sem mostrar os dentes – um sorriso que desaparece em instantes. *Sorriso de gente branca*, pensa o homem, que também é branco. Passa por sua cabeça que o vizinho queira a torta para si.

É para minha companheira, diz ao cachorro e ao vizinho. Prepara o café para ela. Assa torradas, para que ela coma antes da torta. Quando vir a torta, a mulher ficará contente, embora não surpresa. Às vezes pensa em surpreendê-la, mas teme que isso não a deixe contente.

Não sabe como contar a ela sobre o dente que caiu durante a noite. Um incisivo lateral que há muito tempo lhe causava uma série de aborrecimentos. Um dente que nunca lhe deu nada de bom. O homem não está aliviado, e a mulher não ficará contente. Talvez isso sim a surpreenda.

***

Você queimou o café, ela diz ao homem.

Mostra a ele como preparar o café sem queimá-lo. O homem ainda não se adaptou à cafeteira italiana. Foi um certo W.B. que a deu de presente. Uma cafeteira caríssima – de acordo com a mulher. Isso não faz diferença, porque W.B. é muito bem-sucedido.

***

A mulher tem trinta e dois anos. Ele nunca entendeu ao certo o que ela faz. Não se atribui a ela, de modo geral, uma boa reputação em seu ramo de trabalho. Não a reconhecem como uma profissional competente. Às vezes, ela pensa a respeito antes de dormir. Em noites assim, toma a pílula. O homem não sabe da pílula, nem de sua má reputação. E mesmo que soubesse, não se importaria nem um pouco.

Sabe apenas que a profissão a faz viajar constantemente, em expedições que duram dias, ou até semanas. Em determinada ocasião, ficou oitenta e quatro noites longe de casa. *Sinto um grande buraco*, o homem teria escrito a ela em uma carta. Por não receber resposta, o homem nunca mais lhe escreveu em expedições posteriores. A mulher coleciona roupas que fazem divertidas alusões a lugares que visita profissionalmente. *Estive no Biertão e lembrei de você*, diz a estampa da camiseta que está vestindo.

***

O homem se refere à mulher como *minha companheira*, porque acredita no exuberante poder das palavras.

Referir-se a ela como *minha esposa*, ou *minha mulher*, invocaria as forças corruptoras da posse. Isso não a agradaria, pensa acertadamente. Uma companheira é alguém que *acompanha*, exerce *companhia*. Companheiros são aqueles que seguem lado a lado, conscientes da natureza livre de seus espíritos e da autonomia de seus atos. Em última análise, conscientes da finitude inescapável.

***

Nunca conversam acerca da carta não respondida. O homem não traz o assunto à tona por um certo ressentimento. A mulher não pode fazê-lo, pois nunca recebera a carta, e desconhece sua existência. Na ocasião, ela viajava à Itália. Em seu contrato, exigiu uma cláusula que a dispensasse de voar. Tiveram de colocá-la em um navio, o que alongaria a viagem em sessenta e três dias.

É no navio que conhece W.B. Veja que coincidência, W.B. aterroriza-se com a ideia de voar. O medo já o fez perder fortunas, conta à mulher. W.B. é dono de uma sólida reputação em seu ramo de trabalho. Tolera-se o tempo de deslocamento naval porque ninguém faz tão bem o que W.B. faz. Por W.B. se pode esperar, é o que dizem a seu respeito.

Viveram um divertido romance em alto-mar. Meses depois, chega um embrulho ao apartamento do casal. É o homem quem o recebe. Dentro do embrulho, uma cafeteira italiana e um bilhetinho:

Que seja uma forma de me levar adiante. Com carinho, W.B.

***

Certa noite, a mulher o confronta. Ele fechava os olhos, pronto para ejacular na face da companheira. *Por que fecha os olhos toda vez?*, questiona. Pensa que o homem não consegue ejacular olhando para ela. Está com isso na cabeça.

O homem desiste, e desaba ao seu lado. *São seus pés*, revela depois de uma breve hesitação. Considera a mulher atraente, e uma amante excepcional. Seus pés, no entanto, lhe causam arrepios. Os dedos são gordos e achatados. As unhas cresceram até a metade do caminho e decidiram ficar por ali mesmo. O homem fecha os olhos e projeta em sua mente um formidável par de pés femininos. *Só assim posso ejacular*, revela. *Fecho os olhos e idealizo pés femininos perfeitos.*

A mulher chora, ofendida. Depois percebe não apreciar também os pés do companheiro. E que há outras coisas que gostaria que fossem diferentes nele. Não gosta, por exemplo, que ejacule em sua face. *S.F. ejacula no meu rabo*, contará posteriormente ao homem, denotando preferência.

***

Estão tomando café, comendo a torta. A mulher está contente por ele ter comprado a torta. Demonstra gratidão ao homem, reconhece sua boa vontade. Ele tem algo a dizer, mas não sabe como. Puxa o lábio para cima com o indicador.

Há um grande buraco, a mulher diz a ele.

***

O homem é um ouvinte impassível. Jamais faz perguntas. Será que não a ama mais? Ela se questiona, ocasionalmente. Acha que ele não tem curiosidade porque deixou de amá-la. O homem não faz perguntas porque leva em conta a natureza livre de sua companheira, e a autonomia de seus atos. Compromete-se a andar ao seu lado, sem questionar.

Não significa que não tenha curiosidade. Pelo contrário, o homem é muito curioso. W.B. tem cabelo? A mulher se deita com o vizinho? Ejaculam mesmo em seu rabo? Dentro ou fora? Fecham os olhos no *gran finale*? S.F. é tão bem-sucedido quanto W.B.? Teria ela alguma vez se deitado com um completo fracassado? Talvez não contasse a ele, uma questão de orgulho. O vizinho também ejacula em seu rabo? Dentro ou fora? Será que o cão fica olhando? Perguntas que o assombram...

***

A mulher volta a confrontá-lo. *Como é um pé feminino perfeito?* O homem se cala, meditativo. Então elenca seus atributos. *O pé feminino perfeito* – diz à mulher – *é um pé simétrico. Em relação à perna e a si mesmo. Tem uma textura agradável, sem rachaduras. Os dedos de um pé feminino perfeito abrem uma parábola rigorosa. A sola deve ser macia, e é fundamental que um dedo não atravesse o caminho de outro,* diz o homem. *O pé feminino encantador deve ser pequeno e liso.*

O homem considera perfeitos os pés de T.R., uma ex-colega de trabalho, com quem fantasiava e viria a se deitar mais tarde. Ninguém poderia negar a excelência daqueles pés, isto é certo. Diante deles, contudo, ele demora e volta a fechar os olhos. Apenas ao pensar em S.F. profanando o rabo de sua companheira ele consegue atingir o orgasmo. Sente-se, por fim, sujo e culpado. *Algo falta.*

***

A mulher fala em comprar um cão. Insiste no assunto, ultimamente. Quer um bull terrier. O vizinho tem um bull terrier. O homem acha bonito o cachorro do vizinho, embora pouco simpático. Aprecia mais os cães simpáticos e inofensivos. A ideia não lhe agrada. Acha que se comprarem um cão, ele vai matar o gato. E se já têm um gato, qual o sentido de comprar um cão? Ainda mais um cão caro. Estaria ela pensando que ele é tão bem-sucedido quanto W.B.?

***

Ouvem um disco na sacada, naquela manhã. É um álbum da preferência do homem. Trata-se, portanto, de um clássico qualquer da década de 1970. A mulher, entediada, faz um comentário que o homem considera ofensivo, acerca de sua estatura. Ele pensa em dizer *já chega*. Pensa em dizer que vai embora. A mulher gostaria que o homem fosse mais alto. O vizinho é verdadeiramente alto. Teria sido isso que a atraiu? Por isso quer um cachorro, porque o vizinho tem um? A mulher calça tamancos e sapatos de salto para encontrar outros homens. Conta tudo a ele. Quando se deita com alguém muito alto, começa por essa parte.

O homem fica calado. Acredita no poder exuberante das palavras. Se disser que vai embora, terá que ir.

***

Os olhos são as janelas da alma, dizem. O homem acha isso uma bobagem. A mulher acha isso uma bobagem poética.

Ela troca o álbum por outro de sua preferência. Confessa perturbar-se com a postura do compositor do disco que ouviam antes. O homem pega o gato no colo. Observa que o gato tem íris estreitas. Uma alma que se revela pelas frestas. Aos olhos do gato, o mundo que é estreito. O homem pensa que é assim que a mulher vê o mundo. Por entre as cortinas, um mundo estreito. Ela diz que aquele compositor poderia exercer o poder das palavras em benefício de propósitos mais exuberantes. O homem despreza seu ponto de vista, e isso não a surpreende.

NÃO PERDEMOS POR ESPERAR

O pai vermelho levantou e disse: *sei tudo*. O pai azul repousava como uma pérola em sua eterna concha quando anunciou: *nada sei*. O pai verde apontou o bastão ao pai vermelho e afirmou que este nada sabia, e que o pai azul sabia algo.

Um dia os esgotos transbordarão, disse o pai verde. Vermes e insetos irromperão das privadas e dos ralos. Os ratos roubarão nossos pertences, até os mais insignificantes. Segundo o pai azul, neste dia, os eletrodomésticos se rebelarão contra a humanidade, e a civilização entrará em colapso. Embaraçado, o pai vermelho engoliu navalhas e arrotou caroços sanguíneos.

Quando o pai vermelho colhe amoras, cuspo em sua mão. Acha que sou mudo. Tenho feito com que pense isso em meu silencioso desprezo. Quando come amoras, o pai azul fecha-se na concha. O pai verde respinga o suco da fruta em minha testa e em meu queixo, o que me desperta desejo. Jamais saberei quantas amoras pode comer o pai azul.

Sobre os dentes: o pai vermelho rouba meus tubos de pastas de dente, e os escova com os dedos. O pai azul tem os dentes de pedra. O pai verde é voluntariamente banguela.

O pai vermelho deseja ser amado. Demonstra ressentimento por desconfiar que eu não corresponda a tais anseios. O pai azul quer ser odiado, e o amor que tenho por ele frustra-o profundamente. O pai verde questiona: *qual a diferença, afinal?*

A punição do pai vermelho: caminhei por quilômetros, até que bolhas alaranjadas brotassem nas solas dos meus pés. Cruzamos cidades e vilas inteiras. O pai vermelho ao meu lado, me puxando pela guia. Estávamos nus, em uma interminável caminhada. Alguns habitantes destas vilas e cidades se demonstrando horrorizados, enquanto outros eram indiferentes à nossa passagem. Havia, contudo, um silencioso consenso de que o pai vermelho era mais viril.

Sobre as histórias: o pai verde conta somente uma história, a que atesta que somos um povinho de merda. Um povinho inclinado à submissão, e portanto merecedor do destino que vier. Que tudo aceita, um povinho de merda.

O pai verde cobra tributos, com os quais financia seu modesto exército; sem mencionar pequenas extravagâncias, como suas pantufas e tapetes, nos quais pode ler a tarde inteira, ou fazer amor com Damas Misteriosas. Seu exército é grande o bastante para conter os modestos perigos que ameaçam nossa existência pacata. Quando os perigos se elevam, tornando-se mais ameaçadores, o pai verde se vê na obrigação de tornar seu exército menos pacato. Para isso, aumenta os tributos, tornando nossa existência ainda mais modesta.

Sobre os adereços: o pai azul ostenta uma gravata de seda, onde desenham-se minúsculos tridentes em tom mais escuro – é preciso olhar com atenção. Na altura do coração, o pai verde costurou brasões e honrarias. Sempre carrega seu imponente bastão. O pescoço do pai vermelho é adornado por um colar de dentes de tigre, e um anel em sua mão direita denota superioridade moral.

O pai vermelho contava piadas, das quais eu ria em abundância. Quando me dei conta de que poderia compor minhas próprias piadas, o pai vermelho foi o único a me incentivar, contanto que não fossem tão engraçadas quanto as dele. O pai azul construía melodias, as quais eu ouvia com admiração. Quando me dei conta de que poderia construir minhas próprias melodias, o pai azul foi o único a me incentivar, contanto que não fossem tão harmoniosas quanto as dele.

Um dia as pessoas não vão mais se sujeitar a tudo, disse o pai verde. Homens e mulheres ganharão as ruas, e promoverão atos de violência. Crianças pisarão nos pés dos adultos e desaparecerão nas esquinas. Guerrilhas urbanas irão aniquilar umas às outras antes mesmo que o conflito chegue ao governo. *E tudo parecerá justo e adequado*, disse o pai azul, tranquilizador, *pois a chegada desse dia significará que as pessoas há muito tempo se alimentam dos próprios cadarços.*

Sobre as histórias: se engana quem pensa que o pai azul não conta histórias. Eu mesmo já pensei assim, até me dar conta de que por trás de cada melodia se esconde uma narrativa indecifrada, cujos elementos se dispõem como em fractais. Quem ouve uma melodia do pai azul, poderá organizar os eventos de acordo com suas crenças e inclinações. Uma canção pode dizer que alguém morreu, é o que constatará um ouvinte. Outro poderá afirmar que este alguém foi morto. Pode haver um terceiro a dizer que, na verdade, a morte em questão é meramente figurativa. Organizam-se intermináveis rodas de debate, em que se busca compreender as motivações da composição, sem nunca chegar a um acordo, e da falta de uma unidade, surgem grupos dissonantes. As pessoas de um grupo apresentam uma tendência a concordar cada vez mais com o que dizem seus pares, e a discordar cada vez mais do que dizem os demais.

O pai vermelho me deu a vontade e o impulso. Ao pai azul, devo o coração e a bondade, e acima de tudo a integridade. Do pai verde, herdei a consciência e a sabedoria. Houve momentos em que evitei ser íntegro ou bondoso, para contrariar o pai azul. Bem como tomei decisões impulsivas, e não porque eram da minha vontade, mas para enfurecer o pai verde; e também ao pai vermelho, que inúmeras vezes mordeu os lábios até sangrar, e atirou pedras ao céu ao constatar que minhas decisões impulsivas eram posteriormente justificadas com conscientes e sábias ponderações.

O pai verde se deita com Damas Misteriosas. O pai vermelho é homossexual, e alega que os demais também – ainda que não o saibam. O pai azul aguarda até hoje pela Mulher Perdida, que rompeu sua eterna concha há tantos anos. O pai vermelho adoraria que eu lhe perguntasse sobre seus rapazes, para que falasse deles com indiferença – constrangimento ao qual em hipótese alguma me submeteria. Com o dedo em riste, o pai verde estabelece que as Damas Misteriosas são de sua conta, e de mais ninguém. Todas as noites, um canto embargado reafirma a mágoa do pai azul. Uma dolorosa cicatriz em seu coração.

Sobre os nomes: um mesmo pai pode ser chamado de inúmeras formas. O pai vermelho não rouba apenas meus tubos de pasta de dente, rouba também minhas roupas íntimas e lembro tê-lo visto carregar nas costas um pesado vaso que não lhe pertencia. Não seria equívoco chamá-lo de pai ladrão, ou pai vigarista. Mas deve-se admitir o risco de cometer uma injustiça. É correto reduzi-lo à condição de ladrão, mesmo conhecendo seus demais atributos? Do alto de sua janela, o pai vermelho atira flechas. Não seria imponderado chamá-lo de pai arqueiro. No entanto, o que acontece se desistir de atirar flechas? Quando optar por cortar lenha. Simplesmente passaremos a chamá-lo de pai lenhador, como se nada tivesse acontecido? Vamos ignorar sua condição de surrupiador? Permitiremos que se esqueça sua anterior condição de arqueiro? Vamos fingir que não é um pai mentiroso? Deve-se chamar as coisas pelo nome, é o que sempre diz o pai verde. Mas quem dá nome às coisas? Pessoas diferentes dão nomes diferentes a uma mesma coisa. Uma mesma coisa não pode ter mais de um nome? E um mesmo nome não pode significar mais de uma coisa? Chamo-o de pai vermelho, apesar de toda ambiguidade.

O pai verde apontava ao longe, onde amontoavam-se os dejetos da cidade. *Um dia os esgotos transbordarão*, disse. E neste dia, a grande montanha de lixo se erguerá sobre a civilização. Voltará à sua criadora. Os tubos de pasta de dente voltarão às pias dos banheiros, os absorventes melados, os filtros de café usados, todo o papel higiênico da história do planeta. Tudo aquilo que é descartável e indesejado reafirmará sua existência. *O grande Frankenstein do consumo*, disse o pai verde, e começou a rir.

Perguntei ao pai verde se seu modesto exército poderia evitar que aquilo chegasse até nós. Se seu modesto exército poderia garantir que assistíssemos aos acontecimentos na segurança de uma torre, com um telescópio monocular, petiscando amoras. Se poderia garantir que seríamos poupados da barbárie. O pai verde, como era de se esperar, bateu com a mão aberta na base do meu crânio, zombando da minha inocência. Disse que eu não sabia nada sobre exércitos. *Quem cria um exército sabe que será morto por ele. Ao recrutar o primeiro soldado, você aperta a primeira mão a cravar a faca. Para todo exército chega o dia em que os soldados se reúnem e anunciam uns aos outros: basta, não podemos mais nos sujeitar a tudo. É inevitável, e até mesmo necessário e saudável a um exército honrado que este dia venha a chegar. Basta, eles dizem, não vamos mais tolerar, e então matam seu criador. Como primatas, cercam seu líder e o espancam, o apunhalam. E é somente diante do corpo morto de seu criador que o exército se dá conta de sua grandeza. Quer saber o que estes primatas fazem em seguida?*, perguntou, sereno. *Costuram o rosto de seu criador em um trapo de algodão, e agora os primatas têm uma bandeira. Representam seu criador com tinta à óleo em telas, paredes, murais; cantam canções, talham uma peça de mármore em sua memória... e agora os primatas têm uma cultura. Organizam celebrações, feriados, jantares nos quais servem a carne daquele que os criou. E só então o exército terá algo pelo qual lutar.*

Sobre os adereços: quando não calça pantufas, o pai verde ostenta alpargatas de camurça, ou botas de couro bem engraxadas. O pai azul calça sandálias gregas, com pedrinhas cintilantes. Se não está descalço, encardindo as solas dos pés, o pai vermelho usa meias que sobem até a virilha, ou um sapato todo esfarrapado.

Sobre as conversas: quando conto ao pai vermelho minhas imprudências, é para que compreenda não apenas que sou mais impulsivo, como também que minha vontade supera a dele. Como a bondade não se sustenta em outra coisa senão nas ações de um indivíduo aos seus semelhantes, dou ao pai azul tudo que tenho. Assim saberá que sou generoso, mas não só isso: entenderá que minha generosidade excede a sua. Devo admitir que não sou e jamais serei tão sábio quanto o pai verde. Contudo, sou sábio a ponto de ter aprendido um macete de incontestável eficácia. Faço ao pai verde questionamentos que ele não saberá responder, o que por si só denota uma certa sabedoria.

Sobre as histórias: o pai vermelho conta inúmeras histórias. Em sua mente, elas se embaralham e se confundem. Não se deve acreditar no que diz o pai vermelho, é um pai mentiroso.

Um dia as pessoas dirão: não vamos mais nos sujeitar, disse o pai verde. As grandes nações sucumbirão. Povos inteiros sairão em marcha, incendiando artefatos ancestrais, anunciando o nascimento de uma nova era. Os homens arrancarão o escalpo de suas companheiras com unhas e dentes, celebrando o império da brutalidade. Haverá sacos de pancadas étnicos nas ruas, e não restará um único templo religioso que não tenha sido violado e profanado. Neste dia, a Mulher Perdida voltará ao pai azul.

Se ouvirá um coro das ruas: queremos uma resposta – é o que as pessoas dirão, afirmou o pai verde. Da eterna concha, ecoava a melodia flamenca do pai azul. A brutalidade o assusta, na mesma medida que o inspira. É da angústia que exprime o que há de mais belo em seu espírito. Diferentemente do pai vermelho, cuja angústia não gera outra coisa senão mais angústia. O pai verde examinava o horizonte. O que está por vir é, na melhor das hipóteses, indesejável. Haverá mortes e saques. Haverá violações e sofrimento. De quê adiantarão as flechas que o pai vermelho traciona em seu arco escarlate? Absolutamente nada. Nada restará das canções do pai do azul. Tampouco a bravura em seu coração poupará o pai verde, examinando o horizonte, destemido. Para o pai verde, o tédio é a verdadeira tragédia. O sol se punha atrás de si. *As pessoas estão cansadas de tantas respostas*, disse. Sua sombra cobria todo o vale.

DENTES DE LEITE

O pequeno Rainer Maria vinha enfrentando dificuldades em sua nova escola, e escondeu enquanto foi possível. Um dia, toca o telefone no escritório de seu pai, no meio da tarde. *Arrancaram dois dentes do seu filho*, diz a diretora, ao outro lado da linha. *Dois dentes?*, pergunta. *Arrancaram, senhor.*

O pai se apresenta ao gabinete administrativo. Rainer Maria acaba de voltar da enfermaria, comprimindo gaze na gengiva. É orientado a aguardar na sala dos professores, acompanhado da enfermeira, enquanto os adultos conversam.

É do meu conhecimento, Sr. Franco, que alguns meninos têm sido maus com Rainer Maria, e a diretora relata como o bando liderado por um certo Bruges Vanderburgo encurralou seu filho próximo aos arbustos, o derrubou, imobilizou e, com um alicate furtado do almoxarifado, Vanderburgo *extraiu* seus incisivos centrais superiores.

É do meu conhecimento, Sr. Franco, que estavam prestes a extrair um incisivo lateral. A intervenção de um de nossos funcionários foi decisiva.

A diretora garante que os agressores serão suspensos, ou até expulsos, em caso de reincidência. Quanto a Rainer Maria, receberá atenção especial nas semanas seguintes, com acompanhamento psicológico, se for do interesse da família. É o que está a seu alcance.

Vão crescer de volta, ele inclina-se à altura do filho, apertando-lhe a bochecha, sorrindo. Avançam pelo pátio, pela tarde que se encaminha para o fim, cobertos pelo sol dos primeiros dias de outono, pelo vento que começa a soprar frio.

Dão passagem a uma caminhonete, da qual desembarca o Vanderburgo Pai. Franco o reconhece de uma assembleia, e entrega as chaves a Rainer Maria, pede que o espere no carro. Aproxima-se do outro em passos que se confundem entre a eloquência e hesitação. Não deveria, afinal, o Vanderburgo Pai vir até ele, com um pedido de desculpas, a promessa de uma punição exemplar? O que está fazendo, o que dirá a ele? Entre a eloquência e a hesitação, para diante do homem e fica por ali, com as mãos na cintura, esperando por uma reação. O outro o mede de cima a baixo, como se também esperasse algo.

Veja, o Vanderburgo Pai quebra o silêncio, *é uma pena o que aconteceu. Você sabe como são*, ele diz, *você sabe como são os meninos nessa idade*.

No caminho de volta para casa, vê o pequeno Rainer Maria, pelo retrovisor, pressionando e removendo a compressa contra a gengiva, verificando o fluxo de sangue, repetidas vezes. Franco imagina o Vanderburgo Pai em seu escritório, quando toca o telefone. É a diretora, que diz a ele: *seu filho arrancou dois dentes de outra criança*. Ele levanta o traseiro da cadeira e dirige até a escola. Quando o pai da vítima o intercepta, nos corredores, diz a ele que é uma pena. *É uma pena que meu filho tenha extraído dois dentes do seu*. E, sem maiores constrangimentos, diz ao pai da criança brutalizada que os meninos nessa idade são assim mesmo. *Os meninos, nessa idade*, é como se dissesse, *arrancam os dentes uns dos outros com um alicate no recreio*.

***

Ronald Vertmund é recebido com uma salva de palmas. O professor encara o público de frente, com o microfone em mãos, em uma poltrona acolchoada, sob uma iluminação indireta, discreta e elegante. Inicia o monólogo aos estudantes, em um congresso na Universidade Federal do Amazonas.

No outono passado, fui questionado, em uma conferência em Berna, se eu não acreditava na equidade como um ideal, ainda que utópico – como o conceito de idealismo sugere. A pergunta veio de um jovem recém-ingressado. Não apenas sua voz, seu corpo como um todo tremia diante da exposição, pelo medo do julgamento que o acompanharia pelo resto de sua trajetória acadêmica, a depender do teor da minha resposta. Humilhações públicas jamais se deixam esquecer. Ninguém quer parecer estúpido.

"Não existem perguntas estúpidas" é uma das afirmações mais estúpidas que alguém poderia fazer. A maior parte das perguntas são estúpidas, redundantes ou ardilosas. Só servem para ocupar o silêncio.

Essa, além de estúpida, era ardilosa.

Se eu não acreditava na equidade como um ideal, ainda que utópico. Como humanista, direi que a equidade é um dos princípios fundadores do meu pensamento. Como pesquisador sério e pensador independente, como alguém que não quer viajar o mundo a repetir o que é conveniente dizer e confortável de ouvir, minha resposta é não.

Nada pode ser tão pouco humano. Toda iniciativa de equidade é um impulso antinatural. Uma transgressão biológica pautada na premissa de que nossa natureza é incorreta e incoerente. Um idealismo reconfortante, para a maior parte dos indivíduos. Sedutor também porque, como todo idealismo, mesmo os mais antagônicos, tem como força propulsora a esperança.

É como penso, ainda que não seja exatamente o que vocês, ou a comunidade científica, esperam de alguém como eu. Um humanista, idealista por consequência, mas que compreende que a natureza do homem irá destruí-lo antes que se permita modificar.

***

Chegam à casa de Ângela por volta das dez da manhã, no sábado. O pai deixa a bagagem de Rainer Maria na calçada, e lhe dá um beijo na testa. *Vem logo*, diz a mãe, indicando o porta-malas. *Vamos nos atrasar*. Seu novo companheiro, Rico, ajuda o menino com a mala. Vão passar o fim de semana na casa de praia.

É sempre um aborrecimento, quando vão ao litoral. Rainer Maria volta relatando o quanto se divertiu, o quão grande é a casa do padrasto. Como é curta a distância até a orla, como remaram caiaque e nadaram na cachoeira, todos os três. Sobre a elevação da garagem, Rico parece ainda maior. Cumprimenta-o com um sorriso largo, porém evasivo, um aceno com a cabeça.

Após o incidente odontológico, dias antes, Franco dirigiu até sua casa – e foi então que se deu conta de que talvez fosse melhor levar a criança ao hospital. Telefonou a eles, que chegaram em seguida. Ângela e Rico foram impedidos, no entanto, de acessar a ala onde o pequeno Rainer Maria era avaliado. Não demorou até que Franco aparecesse acompanhado da criança, com orientações médicas. Não havia lesão. O risco de infecção estava descartado, e os dentes cresceriam novamente. Nos próximos dias, deveria ingerir alimentos macios ou pastosos. Era só isso.

Antes de retornar ao carro, Franco dá uma piscadela ao filho – como uma silenciosa reafirmação do combinado entre eles na véspera. Ainda no hospital, disse à ex-esposa que o menino havia tropeçado. Caso dissesse a ela que um certo Bruges Vanderburgo arrancou os dentes do filho, Ângela certamente perguntaria qual teria sido a postura da escola.

E quanto a esses pais, os Vanderburgo, o que teriam dito? Teriam prometido um castigo à altura da ofensa? De joelhos, teriam pedido perdão?

Haveria de confessar tudo a ela. Uma suspensão. Dois dentes arrancados equivalendo quase a um arroto em sala de aula, um palavrão, pequenos atos de vandalismo. O que ele disse? Nada. O Vanderburgo Pai deu de ombros. *É uma pena, você sabe como são os meninos nessa idade.* O que Franco respondeu? Nada. Como um rato volta à fenda, retornou ao carro, aquele dia, rangendo os dentes, resmungando.

A Rainer Maria, caberia repetir que escorregou no pátio da escola e caiu sobre a boca.

– Consegue dizer isso? Diga.

– Bati com os dentes no chão, no pátio da escola.

– Como foi bater com os dentes no chão, no pátio da escola?

– Eu caí.

– Alguém deixou a perna para você cair? Alguém empurrou?

– O piso estava escorregadio. Fui desatento e caí.

Treinaram no trajeto até o hospital, e novamente nesta manhã, no caminho até o endereço de Ângela e seu novo companheiro. Estava seguro de que tudo correria bem. Franco entra no carro e liga o rádio. Aguarda que seu filho, a ex-esposa e seu atual companheiro partam em direção ao litoral, para o fim de semana em família.

***

Apoia-se contra a guarnição da porta e vê o filho subir em um banquinho, fazer uma careta em frente ao espelho do banheiro. Mostra as cavidades de um rubi sombrio nas gengivas, em variados ângulos. *Vão crescer de volta*, diz o pai. *Você ouviu o médico.* O pequeno Rainer Maria passa os dedos sobre as cavidades, e volta a observá-las. Ficará assim por minutos, cutucando a gengiva. *Vão crescer de volta, mas você ainda não consegue sentí-los.*

Ocorreu a Franco uma lembrança inesperada, dias atrás, enquanto fazia um depósito no caixa eletrônico. No centro da cidade, com um envelope nas mãos, em uma agência bancária, uma lembrança de sua infância. Nas margens do pátio da escola, cercado pelo edifício de três andares, retangular, de paredes brancas e pilastras azuis, uma menina em um banco de concreto, em frente aos altos ciprestes. Em seu colar, em letras cursivas, o nome de uma obsessão que o acompanharia por anos.

Tudo em Tália lhe parecia perfeito. Exceto o fato de estudar em outra classe, e a convivência entre um menino e uma menina de turmas diferentes não ser possível sem uma profusão de comentários maldosos e sabotagens de todo tipo. A exposição era inevitável, e a aproximação indisfarçável. A saída que encontrou foi abordá-la após as aulas. Observou que Tália voltava para casa caminhando. A esperava, despretensiosamente, e a encontrava, como que por acidente, no portão da escola, para acompanhá-la ao menos até a esquina. Um trajeto de três minutos. Era tudo o que tinha, três minutos em sua presença, todos os dias.

Seus dias passaram a gravitar em torno destes três minutos. Projetava cada passo, cada palavra que diria a ela. Antes de dormir, era só o que fazia. Ou ruminava o que dissera pela manhã, examinando em retrospecto seu comportamento, as reações dela. Mais doloroso era imaginá-la fazendo o mesmo, ruminando o que ouvira dele. Costurava em sua mente cenários que fugiam ao seu controle.

Chegou a planejar o que dizer a ela nos próximos cinco dias, ou nas próximas duas semanas, aproveitando o tempo para calibrar as palavras, fazê-las caber no trajeto até a esquina, em seus três minutos diários.

Júlia era sua colega de classe e também melhor amiga de Tália. Uma garota calada, comportada. Filha de professores. Ouviu dela o boato de que a melhor amiga estaria interessada em alguém. Era necessário intensificar o relacionamento, descobrir se o interesse era ou não direcionado a ele.

Franco tomou um pacote de bolachas da despensa da cozinha de casa e levou à escola, como um pretexto para se aproximar de Tália no intervalo. Teria, dessa maneira, parte dos quinze minutos de recreio em sua companhia. Abriria um precedente, sobretudo. Acompanhou, disperso, as três primeiras aulas da manhã. Na saída para o intervalo, avistou-a em uma roda de amigas. Julia estava lá também, ele se recorda. Alguns garotos se juntaram a elas. Meninos de sua classe, garotos de difícil convívio, ao menos para ele.

Hesitou por alguns minutos, os ponteiros espremendo seus planos, até tomar impulso e se juntar à roda, nas margens do pátio, oferecendo bolachas, diante dos altos ciprestes. Os meninos eram vizinhos, moravam por perto. Os laços que os unia superavam os limites da escola. Almoçavam juntos, e assim permaneciam até o anoitecer, manobrando bicicletas em barrancos, nas ruas, se aglutinando e expelindo tudo que fosse estranho. Do grupo, que caçava e lutava em bando, se destacava Marco. Colando a borda do envelope, reagindo às instruções do caixa-eletrônico, é capaz de lembrar-se dele como se estivesse ali, como se fosse ele a tomar seu envelope de dinheiro e metê-lo inteiro na boca, como fizera décadas atrás, com o pacote de bolachas. Os outros meninos já haviam feito sua parte, na verdade, quando Marco tomou para si as últimas três e entregou a ele o triste pacote vazio.

As memórias se aglutinam e se dissolvem através dos anos, e é difícil ordenar aquilo que se apresenta a ele. Marco lhe socando no braço, ou no peito, e a constatação imediata de que seria inútil reagir; a constatação imediata de inferioridade. Socava-o-o com frequência, e sem motivo aparente, além da certeza de seu silêncio submisso.

Na puberdade, ele se recorda, os garotos todos se amontoavam nas escadas para observar, pelas frestas dos degraus, as meninas no refeitório, ou no pátio da escola. O encantamento pelos corpos que tomavam forma. Lembra-se do contorno dos seios de Tália, ou de como os imaginava, dois pequenos limões sicilianos escondidos sob o uniforme escolar. E também da circulação clandestina de revistas e pôsteres pornográficos entre os meninos, enquanto os boatos se espalhavam, dando conta de que Marco teria comido a Júlia, e não muito tempo depois teria feito o mesmo com a Tália, repetidas vezes. Ao fim da tarde, saindo da agência bancária, se recorda de como naqueles anos a sexualidade se abria para alguns e não para outros, a quem restava assistir as experiências definitivas, o prazer estampado na face dos outros; em uma incompreensão dolorosa, sob uma expectativa que se alargaria por toda a adolescência, até se converter em ódio e, por fim, ressentimento.

No aniversário de onze anos de Tália, deu a ela um pequeno frasco de perfume, que sua mãe ajudou a escolher. Aqui sua memória falha, lembra-se de Tália ao portão de casa, lamentando que alguém não viria à festa. Um garoto, alguém que ele não conhecia. Certamente a quem Júlia se referia em outra ocasião. Franco foi o único menino a comparecer. Fica claro que foram convidados por motivos distintos.

A pior parte deste dia, no entanto, foi quando a festa esmoreceu, ao fim da tarde. Ao entrar no carro dos pais, no caminho de volta para casa, sua mãe lhe perguntando como foi. Ela sentada ao banco do carona, ao lado do pai, que dirigia. Franco passando o cinto de segurança sobre o peito. *Legal*, ele se recorda, foi o que passou pela garganta naquele instante.

Vão crescer de volta, apoiando o corpo contra a guarnição da porta do banheiro. Olha o filho, ao espelho. Aquelas cavidades de um rubi sombrio, no entanto, ele sabe, deixarão uma marca inextinguível em seu coração. Ao espelho, o destino, a sentença de uma amargura implacável, que não fará outra coisa senão crescer ainda mais.

***

Uma palavra sobre o Direito. A origem da lei é a força bruta. A concessão ao estado do direito à violência como ferramenta de controle social. A regularização dos impulsos e das tradições punitivistas, das leis elementares, que não demoram em se desenvolver, se complexificar, para enfim se entregar aos burocratas. Afastando-se da brutalidade, da arbitrariedade que lhe dera origem, a lei se afasta também da essência dos homens. Quanto maior e mais evoluído o aparato jurídico de uma sociedade, mais distante ela estará de sua natureza. De seus instintos primitivos, de sua verdadeira face.

Não se trata, necessariamente, de uma discussão sobre modelos políticos. Ainda assim, gostaria de registar algumas palavras a respeito. É comum que se infira uma agenda política por trás do que digo. É o destino do pensamento dissidente. Devo dizer que não é minha intenção discutir modelos políticos, ou atacar correntes que resultam das premissas humanistas. Falo aqui menos sobre a psicologia das massas, mais sobre o subconsciente da humanidade. Meu trabalho consiste em descer às profundezas e levar quem quiser a um rápido mergulho. Menos que isso. Molhar os calcanhares.

O neoliberalismo é uma aberração. De todo modo, em seus acenos à barbárie, sua complacência com a escravidão, em sua gentil tolerância com o extermínio enquanto ferramenta social é o modelo político-econômico que mais logrou em aproximar a humanidade em sua fase moderna de sua essência primitiva.

Posto como alternativa à supremacia de um homem sobre o outro, o socialismo. Nas experiências já registradas, e que pesem todas distorções, acabamos por esbarrar sempre no dilema da tirania. Estava lá desde os primeiros textos de Rousseau a incongruência inevitável. Idealismos à parte, nossa natureza não tarda por se revelar.

Reflitamos então sobre o elo entre as civilizações, entre os povos e religiões, a base fundadora das sociedades, da formação dos comércios, da lei e da política – nossos hábitos alimentares. Tão longe das cidades, dos olhares, abatedouros matam anualmente cinquenta bilhões de animais para consumo. Oito vezes a população viva de seres humanos. Equivalente numérico a vinte e cinco holocaustos, todos os dias.

Ao registrar ordens de grandeza faço um apelo à racionalidade. Ao afirmar que mais de cento e cinquenta milhões de animais são mortos diariamente para consumo, espero que as pessoas reflitam sobre seus hábitos alimentares, e racionalmente tomem a óbvia decisão de reduzir ou eliminar o consumo de carne de suas dietas.

Eu poderia ser ainda mais incisivo, relacionando o consumo de carne a um já inevitável colapso ambiental que destruirá a todos nós. Ou recorrer a descrições detalhadas do processo de abate. Como matam bois e porcos, em que condições extraem o leite das vacas nestes lugares, como eliminam pintinhos machos logo após a eclosão, simplesmente pela falta de utilidade comercial, atirados em um triturador porque suas existências não são economicamente viáveis. A maior parte das pessoas têm consciência do que são os abatedouros. Nem por isso deixam de comprar a carne embalada, amigável, nas dispensas do supermercado.

Existe, no consumo de carne, uma fetichização intencional da mercadoria, que não parte apenas de quem a produz, mas principalmente de quem a consome, que escolhe eliminar de sua consciência a esteira de crueldades que precede o produto final – e escolhe porque é consciente, e ao escolher não alterar seus hábitos alimentares apesar da barbárie, revela uma tolerância da moral a certos níveis, ou a certas categorias, de brutalidade.

Afinal, somos, em essência, uma espécie de predadores absolutamente ressentidos pela consciência da própria inferioridade. Por saber que no dia do "lute ou fuja", fugiria. Somos o produto de uma natureza ressentida pela consciência de sua inferioridade, e torturada no curso dos milênios por uma razão e por uma moralidade que inventou para si.

***

Será que Tália ainda se lembra dele? Quem foi o único menino em sua festa de aniversário, se lembra? Júlia, será que se lembra de ter suspirado longamente no portão da escola porque Marco lembrou seu nome? Guardaria algo tão banal? E quanto a Marco, será que restava alguma recordação dele? Uma paulistinha, um soco no estômago, qualquer besteira do tipo.

Evoca, com lucidez, aquelas pessoas todas, e as memórias que as acompanham. Rostos, vozes, e até penteados, roupas. Ocorre o mesmo a eles? Gravaram seu nome, sua fisionomia? Ou seria um borrão em suas recordações, uma nuvem que flutua, indiferente, em um céu que já se foi? Quanto a Ângela, será que um dia se esquecerá dele? Vai se tornar um borrão em suas recordações, uma nuvem flutuando no céu de outro dia?

Levou algum tempo até aceitar que as coisas não voltariam a ser o que eram entre eles. Ainda que tivesse perdido o interesse na esposa, e tantas vezes tenha desejado estar em outro lugar, se vestir para encontrar outra pessoa. Quando pensamentos assim o invadiam, ouvia a mulher dormir, inocente, e custava a pegar no sono, em sua angústia em que culpa, desespero e arrependimento jogam cartas noite adentro. Até que Ângela foi embora, e restou a ele a dor do vaidoso rejeitado, o orgulho ferido.

Levou consigo tudo que pôde, para sempre, deixando para trás as ruínas de um casamento. Seu lado da cama, uma mesa lateral, gavetas, sua prateleira no espelho do banheiro, contornos vazios. Cabelos no ralo do banheiro, cabelos por toda a casa. Quando achava que tinha se livrado deles, apareciam novos. Ele tentou intervenções. Mudou produtos de limpeza, trocou a louça, substituiu os móveis quase todos. Um aroma, uma taça, uma rachadura que fosse, algo sempre a invocava. Foi obrigado a se mudar, recomeçar.

Em um bairro de classe média alta, um pouco caro para ele, Franco tem sobrevivido de alguns bicos, enquanto tenta consolidar clientela na região, prestando seus serviços de detetive particular. A maior parte de sua demanda consiste em investigações de casos extraconjugais, ajudando a inflar os termos de divórcios a partir de suas descobertas. É para isso que o contratam. Quem quer defender a própria honra acaba, via de regra, agindo por conta própria. Seus clientes, mulheres de classe alta, em sua maioria, ambicionam financeiramente. É um trabalho relativamente simples e o entretém. Os adúlteros, principalmente os homens, não demoram a regredir da diligência inicial para uma completa displicência, e tornam-se presas fáceis. Sua rotina, no entanto, é tão incerta quanto seus rendimentos.

Noites assim são as mais difíceis. Sábado, sem trabalho. Ajuda ter Rainer Maria por perto, a responsabilidade o distrai. Em sua ausência, aceita o convite de um casal de amigos e vai jantar em um restaurante português. Pede uma garrafa de vinho, e um prato de frutos do mar. Conversam, se divertem. Em seguida, vão a um bar nas redondezas, e conforme as rodadas daquela cerveja barata se acumulam, Franco é tomado por um súbito desconforto. Examina em retrospecto sua conduta, recapitula o que disse ao decorrer da noite, quando achava-se engraçado ou espirituoso.

Inventa um motivo para ir embora, envergonhado. Acerta sua parte e sai rastejando pelas ruas, enjoado, pela madrugada que desponta.

Diante da Boate Suspiria, observa as pessoas na fila, iluminadas pelo neon. Não caiu ali por acaso. Quer entrar, pedir a uma desconhecida que cuspa nele. Observa aquelas pessoas na fila. Pensa que terá de pagar pela entrada. As coisas não vão bem para ele, é o que pensa. Dá a volta no quarteirão, uma, duas vezes. Quer que uma desconhecida escarre em seu rosto, em sua boca, em seus cabelos. Que fizesse uma cara, então, ótimo. Que o desprezasse, que o achasse abjeto, melhor para ele.

Mais uma volta no quarteirão. Quer ouvir a verdade. Que uma desconhecida cuspa nele. Para ao lado de um carro estacionado rente ao meio-fio, e se penteia no reflexo do vidro escuro. Seu rosto lhe parece repulsivo, pálido e sua pele oleosa. *Repugnante*, ele pensa. *Devo também estar fedendo*, ele pensa. *Ótimo, é melhor assim. Isto me agrada, que pareça repugnante.* Eloquente e hesitante, para em frente à Boate Suspiria. Pouco andou a fila. Talvez ali mesmo encontre uma desconhecida disposta a fazer isso por ele. Acaba vomitando em um canteiro de flores, atrás do ponto de ônibus.

***

Comparada aos seus pares andinos, como a lhama, os guanacos e as alpacas, a vicunha é um camelídeo pequeno, de pelagem fina, atormentada por caçadores ilegais que, por pouco, não a levaram à extinção. Habitando majoritariamente o sul do Peru, norte do Chile e oeste da Bolívia, estes animais vivem no elevado platô da cordilheira, nas estepes, de três a cinco mil metros acima do nível do mar.

Para se proteger do puma, esses camelídeos do deserto se organizam socialmente em círculos familiares, compostos por um grupo de fêmeas jovens, sua prole e um macho dominante, que estabelece e conserva um território permanente de pastagem.

Cabe a um macho que ambicione ao território e ao grupo de fêmeas duelar e destituir o macho governante, tomando para si a terra e o bando. Desafiada, a vicunha governante exibe a arcada de dentes afiados ao oponente e prepara-se para o combate. Com as orelhas para trás e as narinas dilatadas, avança com a cabeça baixa em direção ao invasor, grunhindo ameaçadoramente.

As vicunhas perseguem-se pelas estepes. São exaustivas as batalhas pela dominância e pelo privilégio da reprodução, ao fim das quais o macho vencedor arranca com os dentes a genitália do opositor derrotado.

Sob a indiferença do grupo de fêmeas, o macho castrado é condenado a vagar solitário pelo resto de sua vida. Mutilado, não terá a graça de se reproduzir. O sangue de sua vergonha atrairá predadores, ou uma infecção o matará. Caso sobreviva, poderá ainda se unir a uma comunidade de machos estéreis e confusos, que se arrastam pela cordilheira, aguardando a morte chegar.

***

Marco não admitia que desrespeitassem sua mãe. Certa vez, alguém pagou por um comentário malicioso com um nariz quebrado.

Há sempre admiração naquilo que nos supera. O algoz acaba por se tornar, de certo modo, um modelo a seguir, a se superar. Como um pai, também é responsável, à sua maneira, pela educação de sua vítima, por apresentá-la ao mundo e prepará-la para os desafios da sobrevivência.

Em uma memória vívida, é Marco quem ofende a mãe de Franco. Na sala de aula, aguardando a troca de professores, no germinar da puberdade, fez algum comentário aludindo à intenção de entrar em sua e ao, encontrar sua mãe, comê-la.

De modo geral, aceitava e minimizava as pequenas humilhações, precocemente consciente de sua condição. Desta vez, contudo, levantou-se em defesa de sua honra. *Ninguém fala assim da minha mãe*, disse, ao investir contra o provocador. Com certa facilidade, Marco o virou e o dobrou contra a mesa, o imobilizando, suas costas travadas pelo joelho do colega, toda a gente assistindo. *Pede desculpas.* Permaneceu assim por um tempo, intensificando a tração nos braços para trás, impulsionando o joelho contra a lombar do menino, até que Franco desistisse e se desculpasse pela transgressão.

Voltou ao seu lugar, e permaneceu calado até o intervalo. Não gravou uma palavra das aulas seguintes, mas jamais se esqueceria da lição que aprendera naquela manhã. De que Marco poderia falar o que quisesse de sua mãe. Poderia dizer que queria mordê-la, comê-la, fodê-la, se quisesse. Dali em diante, Franco não faria nada a respeito, e ainda se desculparia caso se descontrolasse.

Aprendeu a lição de que Marco poderia imobilizá-lo e dobrá-lo contra a mesa, e – por que não? – espancá-lo ou fodê-lo ali mesmo, ao invés da mãe, se assim desejasse. Melhor ir se acostumando, a vida não ficaria muito melhor do que isso. Em frente à Boate Suspiria, ao romper da madrugada, Franco não pode deixar de desejar que Marco tivesse terminado o que começara. Ao imobilizá-lo, com o joelho contra sua lombar, que lhe abaixasse as calças e fizesse dele o que quisesse, simplesmente porque podia. Melhor do que fazê-lo se desculpar.

***

Posso fazer uma pergunta?, os olhares se encontram no espelho. Sobre o banquinho de madeira, Rainer Maria questiona o que conversaram no pátio da escola, ele e o pai de Bruges Vanderburgo. Franco se afasta da guarnição da porta, seus olhos oscilam, da janela ao teto. Sorri ao filho.

Como dizer a verdade, confessar ao pequeno Rainer Maria que, diante do pai, se viu tão vulnerável quanto ele diante do filho? Como dizer ao filho que, assim como Bruges Vanderburgo fez o que quisesse dele, o pai também o faria, se quisesse? Como admitir ao filho, ao espelho, que eles são feitos da mesma matéria? Confessar não ter dito nada e, como um camundongo, ter corrido depressa à sua fenda, murmurando rancores?

O pai do Bruges, começa, *é um sujeito admirável e gentil. Ao me reconhecer, me cumprimentou e se desculpou em nome do filho.* Rainer Maria acompanha atentamente o relato. *Se desculpou muitas vezes, como se não aceitasse que eu pudesse perdoá-lo pelo que aconteceu, como se o acontecimento estivesse além do alcance de qualquer pedido de desculpas. Perguntou como você estava, se tinha dores. Por fim, disse que se sentia envergonhado pelas atitudes de Bruges, e que ele seria sumariamente castigado. Então, finaliza, tudo que precisei dizer àquele homem dócil e sensível, meu filho, foi obrigado.*

Pai, posso fazer outra pergunta? O que quer dizer sumariamente?

***

Um coelho branco se camufla na neve, em busca por alimento. Um lince aproxima-se, a poucos metros. Está faminto. Em determinado momento, seus olhares se chocam e se reconhecem. Presa e predador entendem de imediato o papel a desempenhar no teatro da vida selvagem.

Ainda que ocupem a base da cadeia alimentar, coelhos e lebres estão entre os animais mais abundantes do planeta. Sua perseverança se deve à capacidade de reproduzir o maior número de filhotes, o mais rápido possível. Com gestações de trinta dias, uma única coelha pode gerar cerca de cem filhotes em um ano. Poucas horas após parir uma ninhada, está pronta para acasalar novamente. Seu ímpeto reprodutivo permitiu que a espécie marchasse os milênios, garantindo também a sobrevivência de toda sorte de gratos predadores que se acercam deste pequeno animal.

Ao perceber a presença do lince, os instintos do coelho o direcionam à fuga, pela preservação da vida. Seus níveis de adrenalina se elevam ao máximo. Os músculos se contraem, e seus olhos dilatam. Seu coração acelera, e ele investe contra o espaço, rumo ao nada. Em uma perseguição curta e pouco interessante, não demora para que o lince o alcance e tinja a neve com suas entranhas.

Quando seus olhos se chocam, algo diz ao coelho: *corra!*, uma consciência construída ao longo de milênios, impregnada até os genes. A mesma consciência que permitiu à espécie desenvolver um mecanismo misericordioso, uma rara graça concedida pela natureza. Quando as mandíbulas do lince se fecham em seu pescoço, o coelho entra em estado de choque, seu sistema nervoso colapsa, e o lince pode abri-lo e comê-lo sem que o coelho nada sinta. Indiferentes, cumprem seu desígnio natural sem reclamar ou sofrer.

***

Ao levantar a mão e fazer uma pergunta estúpida, polida de coragem, o único objetivo do estudante de Berna era me constranger. O tom da voz, a forma como gesticulava, e sobretudo sua postura manifestamente respeitosa e atenciosa, ou até, eu diria, defensiva, eram sinais de uma ousadia comedida. Intencional, mas prudente. Ao me provocar em meu congresso, verificava a extensão da segurança, do seu domínio e do meu.

Tivesse ele invadido a jaula de um leão, e passasse a cutucá-lo, ninguém se surpreenderia que acabasse devorado. Eu, no entanto, sou também um predador ressentido, conhecedor da morte e de aguda consciência moral. Me recordo de seu olhar, de sua expectativa. Caso fosse capaz de me colocar em uma situação desconfortável, plantasse uma boa armadilha para minha contradição, teria então o reconhecimento de seus colegas, seria celebrado por seus professores. Seria, portanto, classificado como diferente dos demais. Em outras palavras, superior.

Ao ver meu território invadido, tenho o reflexo de defendê-lo. Anos atrás, teria agido por impulso. Ao constatar a armadilha, responderia com violência. Aprendi minha lição. Hoje sei manejar meu comportamento. Se respondo à provocação com eloquência, sou demasiado humano. Quanto mais humano, menos digno de ocupar o palco. Aquele a ocupar o palco é alguém que se afastou de sua natureza para se aproximar de Deus. Ou que abandonou o deus da carnificina para temer ao deus da moral. Ao vê-lo se aproximar, colocar os pés para dentro da jaula e cagar no meu prato de comida... bebi um gole de vinho e reafirmei brevemente meus princípios humanistas. Àqueles desconhecidos, àqueles jovens de boa família.

É meu trabalho. Algo que faço quase todas as noites, como faria um porteiro, ou um lixeiro. Eu poderia tê-lo devorado, apenas pelo gosto do sangue. Não o fiz pela mesma razão que o motivou a me direcionar uma provocação educada. Pelo mesmo motivo que alguém deixa de comer carne, ou escreve algo num cartaz e grita palavras de ordem pelas ruas. Porque busco ativamente ser superior à média do gênero humano. Intelectual e moralmente, impulsionado por um profundo ressentimento.

No fim das contas, domínio, superioridade, supremacia. Há muito pouco além disso quando a humanidade se encara no espelho.

Cada passo rumo ao progresso é um congelamento de forças, uma encenação sórdida. Quanto menos desenvolvido um estado e sua democracia, suas ciências e sua arte, quanto menos desenvolvido seu aparato político, jurídico e penitenciário, mais próximos de nossa essência estaremos. Em outras palavras, quanto mais violenta e arbitrária uma sociedade, quanto mais predatórias e indiferentes forem suas relações, a ponto de uma palavra hedionda como equidade – It's alive! –, o monstro inventado da moral, se esvaziar por completo de significado, mais perto estaremos de uma civilização pura e não corrompida, regida pela inapelável e perfeita lógica da genética e do acaso.

Até quando seremos uma espécie que nega a si mesma? Esse animal mutilado que se arrasta pelas pradarias do mundo, san-

grando, incapaz de aceitar seu destino. A humanidade se desenvolveu pelo desejo de deixar de ser humana. Erguendo cidades, distribuindo moedas, inventando leis e fronteiras, imaginando deuses, ordenando palavras. Em uma empreitada suicida, a criatura humana ignora que em um universo onde nada se cria e nada se perde, sua angústia e seu sofrimento meramente se transformam.

***

É do meu conhecimento que estavam prestes a extrair um incisivo lateral, diz a diretora, garantindo a ele a suspensão dos agressores, podendo expulsá-los caso não se observasse uma mudança comportamental. *No meu ponto de vista*, Franco emprega um tom de seriedade, *o rigor da medida não corresponde à gravidade do acontecimento*. Antes de deixar o gabinete, exige que a escola reavalie a punição, que sua postura seja mais dura no combate à violência.

Toma Rainer Maria pelo braço e o conduz ao estacionamento. Dão passagem a uma caminhonete, da qual desembarca o Vanderburgo Pai. *Vou ter uma palavrinha com ele*, e se dirige ao pai de Bruges, decidido e, ao mesmo tempo, calmo. Para diante dele, e ali permanece, com as mãos na cintura, esperando por uma reação. O Vanderburgo Pai o olha de cima a baixo, como se, ele também, esperasse algo.

Olha, o Vanderburgo Pai quebra o silêncio, *é uma pena o que aconteceu. Você sabe como são*, ele diz, *você sabe como são os meninos nessa idade.*

Franco solta um riso, irônico. *Quer dizer que os meninos nessa idade arrancam os dentes uns dos outros com um alicate no recreio?* O outro abaixa uma das sobrancelhas, observando-o com curiosidade. *Eu te garanto*, diz Franco, *que nunca fiz isso nos meus tempos de menino, e sei que tampouco faria meu filho.*

O outro cruza os braços, ergue o queixo. *Está dizendo que tem algo de errado com meu filho?*

Estou dizendo, alega Franco, *que o comportamento do seu filho não é aceitável. Eu esperava,* prossegue, *que você se desculpasse pela brutalidade do seu filho.* O outro leva as mãos à cintura, apertando, inquieto, os polegares contra a presilha da calça. *E que, em respeito ao sofrimento do meu filho, prometa uma punição exemplar ao Bruges, para que isso nunca mais se repita.*

Está dizendo que meu filho é um bruto, descivilizado. E que eu, portanto, devo ser um bruto, descivilizado também. O outro desafivela o cinto. *Você não me conhece. Mas se acha no direito de me dizer como educar meu filho.*

O Vanderburgo Pai investe contra ele. Após um impulso, Franco está no chão, com um corte na mão pelo impacto com a brita. *Vou te ensinar algo sobre a brutalidade.* Ergue o punho e acerta um golpe com o cinto no peito do opositor. Franco usa o braço para se proteger do segundo e do terceiro golpe. O Vanderburgo Pai, por fim, o puxa pela calça e ergue seu quadril, estalando o cinto em suas costas e traseiro repetidas vezes. Com o rosto colado ao chão, Franco vê Rainer Maria adiante, segurando as chaves do carro, calado. Quando se cansa, o outro recompõe a postura, coloca o cinto e segue em direção ao gabinete, sem se despedir ou olhar para trás.

***

Rico surgiu e, de repente, ela não o amava mais. Apesar de sua hesitação, dos dilemas que haviam se tornado quase parte dele, foi doloroso se ver, de repente, rejeitado – o que o fez, instantaneamente, e não se pode dizer que de modo inesperado, voltar a desejá-la. Um desejo que jamais colocou em palavras. Ao menos não a ela, e nem seria necessário. Ela o conhece bem o bastante.

Um ano e meio depois, e há algo que ainda o incomoda na forma como Rico o trata. Algo que era esperado que passasse com o tempo, com a criação de, se não uma intimidade, um afrouxamento na rigidez daquela relação. O modo como se dirige a Franco, sem nunca sustentar nele seu olhar por mais de poucos segundos, seu olhar, sua postura, seu aperto de mão, seu tom de voz, as palavras que escolhe cuidadosamente, tudo é de uma cordialidade que se confunde com frieza. Como se estivesse impondo um limite à relação. Como se achasse importante impor um limite à relação com Franco.

Talvez porque o veja como um trambiqueiro. Nessa cidade, é o que dizem, você é o que você faz. A partir dessa informação, as pessoas decidem se vão lhe dar ouvidos ou as costas. Franco não é ingênuo a ponto de acreditar nisso, sabe que, na verdade, é assim em toda e qualquer cidade. Rico, um *manager*, experiente e calejado, tem bom faro para gente como ele, distingue-as tão rapidamente quanto quem descarta um fruto podre nas despensas do supermercado.

Pouco depois que o carro de Rico desaparece, virando à direita ao fim da rua, em direção ao litoral, Franco dá a partida.

A família Vanderburgo mora há menos de cinco quilômetros dali, descobrira na tarde anterior. Até então, apenas havia ouvido falar a respeito deles. Rainer Maria muito raramente o mencionava e, de repente, Franco recebe um telefonema da escola, dizendo que Bruges Vanderburgo e seu bando arrancaram-lhe dois dentes.

Pôde reunir algumas informações sobre o Vanderburgo Pai. A placa do seu carro, data de nascimento. Que é casado, e além de Bruges há outra criança. Onde trabalha, seu endereço, onde se formou. Com um pouco mais de tempo e esforço, se descobre onde alguém faz as compras, com qual mão escreve, ou se tem cáries.

Chega ao endereço indicado. O matagal apoderou-se do jardim, em volta de uma pequena casa de paredes terracota, cobertas quase completamente por trepadeiras, a pintura descascando. Há grades, e as janelas estão fechadas. Fica ali por um tempo. Algumas horas, para falar a verdade, ouvindo o rádio. *Ninguém em casa*, constata. Deixa o carro e avança, em passos que se confundem entre a eloquência e hesitação.

Força a maçaneta. Para sua surpresa está aberta. *Talvez Rico esteja certo a seu respeito*, pensa. *Não, está absolutamente certo.*

***

Avança sobre o matagal que se apoderou do jardim, e força a maçaneta daquela casa sem muros, as paredes cobertas por trepadeiras, incrustada no subúrbio silencioso. *Ninguém em casa*, constata. Sozinho, naquele endereço, cercado daquelas paredes, onde tudo lhe parece familiar e hostil. Onde tudo lhe parece previsível, e ao mesmo tempo, improvável. Como imaginara, encontra um velho sofá de linho cru, uma antiga televisão de base giratória. Lá estava também a cozinha, exatamente como pensara. Uma pia retangular, prateleiras cor de creme, na geladeira um boletim escolar fixado por um par de ímãs. Flores na janela, um cigarro no cinzeiro, a louça escorrendo ao sol.

Imaginou escadas de mármore, e subiu-as até o sótão. Empurrou o alçapão e avançou, curvado, entre caixas e baús, brinquedos e revistas. O espelho estava lá. Removeu a poeira com a palma da mão, até que seu reflexo se revelasse, repulsivo. Pálido, os cabelos molhados de suor, colados à pele oleosa. *Ótimo, assim me agrada.*

Desce, levando o espelho debaixo do braço.

No saguão da Boate Suspiria, um sofá de linho cru. Ninguém à vista, apenas uma mesa solitária, iluminada por uma vela clara, cilíndrica. Começa uma canção qualquer, de uma síncope lenta, como uma valsa. Sombras circulam, dançam as cortinas.

Ao lado de fora, em frente ao denso matagal, o pequeno Rainer Maria bate nos vidros, cobertos por uma espessa camada de poeira. *Estão crescendo de volta, olha*, grita ao pai, fazendo uma careta, puxando os lábios com os indicadores. *Estão crescendo, olha!* Onde anteriormente via-se duas cavidades de um rubi sombrio, brota um novo sorriso. *Na natureza*, diz ao filho, *nada se cria e nada se perde*. Rainer Maria parece não ouvi-lo. Continua a bater no vidro e a gritar. *Na natureza*, tentando sobrepor a música, *nada se cria e nada se perde*. Rainer Maria puxa os lábios com os indicadores. *Nada se cria*, o mais alto que pode, a voz começando a falhar, *e nada se perde*, diz a ele.

A excitação do filho é interrompida para acompanhar os passos de uma silhueta que avança pelo matagal, se aproxima e força a maçaneta. Franco sabe exatamente o que virá, e incapaz de evitar, vê a porta se abrir, lentamente. Lá está Tália e também Ângela – e claro, o Vanderburgo Pai, cordial, as conduzindo por um par de coleiras.

NICO E KIRA

Está desempregado há mais de dois anos. Dedicou vinte e três de sua vida à fábrica de colchões, até ser despedido em uma manhã de terça-feira. Chegou ao seu posto de trabalho e encontrou o supervisor, um homem alto, cadavérico, diante da mesa de compressão, olhando-o por cima dos óculos, para em seguida voltar-se à pranchetinha.

Não me leve a mal, Nico. Vamos substituir toda esteira de compressão por uma nova. Tecnologia alemã. Isso nos desobriga em oito colaboradores no seu setor. Eu sinto muito, não há nada que eu possa fazer que eu já não tenha feito. Nico coçou demoradamente a cabeça, mais especificamente a enorme entrada que avançava sobre a testa. O que mais poderia fazer?

Você não pode me movimentar? Me colocar no departamento de embalagens, qualquer coisa. Eu aprendo o que for necessário.

Por favor, não torne as coisas mais difíceis, Nico.

Nico já tinha visto isso acontecer em outros setores. Uma certa tecnologia promete aumentar a eficiência, e a fábrica pode se livrar de alguns operários, aprimorar suas margens. A possibilidade de uma movimentação interna era ínfima porque as operações vinham se tornando cada vez mais enxutas. Seu departamento, na verdade, havia sido um dos últimos a serem modernizados e encolhidos. Um tapinha no ombro, apertando os lábios em tom de lamentação, e seu supervisor desaparece pelos corredores da fábrica, olhando sua pranchetinha – quem sabe riscando o nome de Nico de uma tabela.

Escondeu a notícia de sua esposa por uma semana. Ao deixar a fábrica, dirigiu até um posto de gasolina, abriu uma cerveja e ficou por ali. Bebeu até o fim do expediente, pensando. Na sua condição de vítima, nos cálculos financeiros, no que diria a Kira.

Ela, contudo, ficara sabendo de sua demissão em questão de minutos. Em uma cidade como essa, um lugarejo ao pé da montanha, não se pode manter segredos. Kira, ainda assim, respeitou seu tempo. Quando ele decidiu contar a verdade, nas semanas seguintes, demonstrou surpresa. Soube na hora que Nico enfim falaria. Ele permaneceu calado durante todo o café da manhã, mal tocando na comida. Vestiu-se para trabalhar e, após se despedir dela, pegou a chave da caminhonete e se deteve diante da porta por alguns segundos. *Eles compraram uma Von Himmler*, ele disse. *Desligaram oito pessoas do meu departamento, incluindo eu.*

Kira quis abraçar o marido. Aquela amargura em sua voz, ela havia presenciado apenas uma vez – quando Nico, aos vinte e poucos, confidenciou uma aventura. Foi a mesma amargura na voz que a fez perdoá-lo. Era como se aquelas poucas e tortuosas palavras escapassem de si, involuntariamente, enquanto um turbilhão de sentenças e parágrafos permaneceriam com ele para sempre.

Que bom que o fizeram pela manhã, disse a ele. *Assim você não teve que trabalhar no restante do dia. E na terça-feira, assim você não teve que trabalhar o resto da semana. Pensando bem, teria sido melhor que o tivessem feito na segunda, mesmo que ao fim do expediente.*

Ela tem essa tendência de tentar apontar ao marido o lado bom das coisas. Como se quisesse protegê-lo do rigor dos fatos, da frieza da verdade. Naquele dia, ele entrou na caminhonete e dirigiu até o fim da rua, onde passa um córrego. Permaneceu ali até o fim da tarde, assistindo o desaguar.

***

Despejava acetona em um pedaço de algodão, quando lhe deram a notícia. Seu marido foi demitido. Nico, bem como praticamente todo departamento de compressão da fábrica, foi substituído por um maquinário europeu. Kira despertou do torpor quando as primeiras gotas de acetona pingaram em sua perna, o algodão se desmanchando entre seus dedos.

Foi imediatamente acolhida por suas colegas do salão de beleza, onde Kira exerce a função de manicure. Hilda, a proprietária, tem a voz mais alta entre todas aquelas mulheres, um mecanismo de liderança natural. *Tudo vai ficar bem*, disse ela. *Tudo vai ficar bem*, as demais ecoaram em seguida.

***

O tempo voa quando está contra nós. Até outro dia, Nico estava confortável e satisfatoriamente empregado na fábrica de colchões. De repente, completa dois anos desempregado. Paradoxalmente, os dias parecem longos, se arrastando por meses que passam num instante.

Tinha agora tanto tempo livre que simplesmente não sabia o que fazer com ele. Não conseguia prender a atenção a nada. Entretenimento, exercícios, leitura, absolutamente nada. Na falta de uma ideia melhor, passava dias inteiros na cama. Dormia até tarde, e logo voltava a dormir.

Kira estava no salão quando, pouco depois do meio-dia, em um instante de infelicidade, Nico acordou e se deparou com uma revistinha cheirosa que repousava sobre o aparador. Folheou aquele catálogo de sapatos femininos, até que um estranho impulso rasgou o desinteresse. Reparou no contorno daqueles pés, nas cutículas. Unhas esmaltadas, veias azuis delicadamente descendo pelos flancos. Lisos calcanhares, tornozelos macios. O impulso saltou sobre ele, como um tigre. Quando se deu conta, estava recolocando o catálogo sobre o aparador, fazendo o possível para que ficasse exatamente onde e como Kira o deixara.

Prometeu nunca mais repetir a experiência, negando a si mesmo que tenha sido prazerosa. Jamais revelou nada a Kira.

Se acreditou ou não em suas palavras, apenas ele poderá dizer. Dias tão longos e vazios têm para o espírito o mesmo efeito que a escuridão tem para os ouvidos. Turva a visão, confunde os sentidos, faz ecoar o que existe dentro de nós. E na desatenção, o desejo surge sem se anunciar, quase sempre forte demais para ser racionalizado, toma para si o indivíduo e o embala devagar. No dia seguinte, foi assim. Acontece que o catálogo não estava mais no aparador. Nem na cômoda, na gaveta de talheres, no refrigerador, ou embaixo da cama, nem na pequena estante de livros do casal, ou sobre o cesto de roupas sujas ao lado da privada. Tampouco na lata de lixo, ele procurou.

Talvez Kira tenha levado para o trabalho, pensou. *Onde será que posso encontrar algo similar?*, pensou. *Não deve ser tão difícil, afinal*, pensou.

Dirigiu até a banca de jornais da cidade, e estacionou em uma esquina. Permaneceu no carro, observando a movimentação. Esperou por um momento de pouco fluxo, e caminhou até lá – uma estratégia que se mostrou falha. Sozinho, ficava em evidência, e não o contrário. Além disso, o jornaleiro poderia reconhecê-lo. *Vou falar que é para Kira*, pensou. *E se alguém contar a Kira que comprei um catálogo de sapatos femininos?*, pensou. *Como vou justificar uma coisa assim?*, pensou. Procurou despretensiosamente pelas seções de moda, saúde e bem-estar, sem sucesso. Acabou levando um jornal e uma revista esportiva.

***

O salão abre às oito e meia da manhã. Os primeiros clientes começam a chegar por volta das nove, e o movimento se intensifica apenas depois das dez. Duas funcionárias devem chegar primeiro, às oito em ponto, para garantir que tudo esteja limpo e arrumado para o início do expediente. No cronograma estruturado por Hilda, uma tabela impressa, pendurada na parede da copa, se evidencia uma tácita hierarquia. Garotas de *massagens & capilar* não possuem responsabilidades de limpeza. Ninguém de *facial, mani ou pedicure* questiona. As garotas de *massagens & capilar* muito menos, é claro.

Essa distinção faz parte de toda uma cadeia de privilégios. A começar pelo ticket médio e, consequentemente, porcentagens e gorjetas, fazendo com que as garotas de *massagens & capilar* sejam bem melhor remuneradas.

Pense bem, disse Nico certa vez. *Quantas pessoas você conhece que sabem pintar unhas? E quantas pessoas você conhece que sabem fazer um corte de cabelo?* O comentário a ofendeu um pouco. *Vou reformular. Imagine duas situações... 1: alguém exagerou no esmalte na unha de uma cliente; e 2: a cliente pediu pra cortar dois dedos do cabelo e acabou que cortaram cinco dedos. Qual situação é mais complexa de se chegar a uma resolução?*, eles estavam jantando. Ao perceber a agressividade de Kira no manuseio dos talheres, tentou remediar. *Deixa eu reformular... vamos ver... qual serviço você acha que seria mais fácil ensinar a uma criança, ou a um chimpanzé?*

Temeu sua demissão pela primeira vez quando, sem maiores explicações, Hilda duplicou suas responsabilidades de limpeza no cronograma, escalando-a em praticamente todas as manhãs.

Em seu tempo livre, ajudava Nico a aprimorar seu currículo, que parecia mais defasado a cada revisão. Nas raras entrevistas de emprego, os dois anos sem trabalhar sempre vinham à tona e ele, desconcertado, acabava minando suas chances. Gradativamente, o acolhimento das colegas ruiu por completo, e Kira passou a receber, com frequência, oportunidades desconcertantes direcionadas a Nico. *"Meu marido precisa de alguém para…"*, ou então *"você ficou sabendo que vão abrir vagas para…"*; salários ultrajantes em condições insalubres. Kira abria um sorriso amarelo, dizia que falaria com o marido, e desconversava.

Uma queixa recorrente se referia ao equipamento do salão. Quando Hilda apresentou sua nova aquisição – um aspirador de pó automático, um robozinho que mais parecia um gigantesco besouro, com perninhas para espanar o chão e recolher a sujeira –, as meninas de *facial, mani* e *pedicure* engoliram em seco. Enquanto *massagem & capilar* trabalham com os melhores produtos, secadores, máscaras, chuveirinhos de aço, pentes e escovas diversas; Hilda investe naquele grotesco inseto de plástico, relegando-as a pinças velhas, algodão de segunda, e por aí vai.

Batizaram o robozinho de Besouro Doo, em referência ao emergente personagem televisivo. Segurando-o com as duas mãos, com a *barriguinha* à mostra, Hilda anunciava que, graças ao robô, não seriam mais necessárias duas garotas para realização da limpeza às oito da manhã, apenas uma. O cronograma foi atualizado em seguida. Kira passou a abrir o salão sozinha, diariamente.

Foi nessa época que ouviu o ruído pela primeira vez. Escalava os degraus de uma escada portátil, para espanar um lustre, quando sua cabeça começou a zumbir e latejar, uma corrente elétrica lhe percorria a espinha. Assim, de repente.

***

Ao chegar em casa, tenta não fazer barulho. Não quer acordar o marido. Despeja seu corpo robusto no sofá, e liga a televisão. Está perdida e irreversivelmente viciada em uma pequena celebridade virtual: *@alphasigmund_008*. Trata-se de um garotinho de treze anos que comenta tragédias urbanas, acidentes automotivos e aéreos, cobertura de jornalismo policial, massacres, desastres ambientais, mortes filmadas, terrorismo televisionado... Conheceu-o tardiamente, o que dá a ela um vasto cardápio de conteúdo à disposição.

No canto superior direito do vídeo, *@alphasigmund_008*, se atrapalha com aquela parafernalha de fones e óculos, tudo grande demais para o seu rosto. Ele tem a língua um pouco presa, e sua voz está mudando: desafina, eleva-se em uma oitava. São atributos que cativam o público. Ao centro do vídeo, se assiste a algumas cenas de artes marciais recuperadas e não editadas do filme *Kolilakkam*. Homens e mulheres interpretando golpes cênicos e pouco convincentes em uma estrada de terra rodeada por castanheiros e um amplo céu azul.

Surge alguém dirigindo uma moto. Em seguida, um homem de camisa branca salta na garupa. Ao que tudo indica, é o protagonista da cena. *@alphasigmund_008* faz um comentário oportuno a respeito do que se apresenta na tela. *Por que ele não senta na moto como uma pessoa normal?* O garotinho pausa e retrocede o vídeo, enfatizando sua observação. Ganha valiosos segundos de conteúdo ao repetir a cena em que o ator de camisa branca se equilibra em pé sobre a moto em movimento, aos trancos daquela estrada irregular nos confins do sudeste asiático.

O corte seguinte apresenta um homem de terno entrando em um helicóptero. Antes de embarcar, lança um olhar preocupado para trás, na direção do herói, o tal equilibrista automotivo, a aclamada lenda do cinema indiano Krishnan Nair. Revela-se, portanto, que se assiste a uma cena de perseguição em alta velocidade, e de repente faz algum sentido que ele esteja em pé sobre a moto. Sentado, ele não conseguiria, mesmo que esticasse os braços tanto quanto pudesse, alcançar e se pendurar no esqui do helicóptero – que é o que ele faz logo na sequência. Tenta escalar até a porta do veículo. No solo, a confusão generalizada continua a todo vapor. Motocicletas colidem, golpes ruidosos são distribuídos, e se observam acrobacias cômicas (um dos combatentes tenta acertar uma voadora em seu rival, que se abaixa, fazendo com que o homem atinja seu companheiro), ao som de uma agitada trilha instrumental.

Aqui, *@alphasigmund_008* pausa o vídeo e permanece em silêncio por algo em torno de um segundo. *Como é que é?!*

Kira dá uma risadinha.

É mais ou menos quando Nico aparece na sala e senta ao lado de sua esposa. Krishnan Nair, já estabilizado sobre o esqui do helicóptero, aproveita para dar uma espiadinha na pancadaria que se perpetua lá embaixo, onde a violência escala e as acrobacias se tornam ainda mais improváveis. Nico está com o rosto amassado e olhos fundos. Repete a mesma camiseta há alguns dias. Não entende o apelo que o conteúdo tem para Kira. Não se identifica. Ele gosta, sim, dos desastres naturais e urbanos. Grandes massas aterrorizadas, migrando, se escondendo. Cometendo atos de desespero pela sobrevivência, indivíduos no limite da ética, do bom senso, da civilidade. *A explosão no porto de Beirute*, um clássico! Um *@alphasigmund_008* em seus dias mais inspirados, conduzindo a narrativa na cadência ideal, adornando-a com comentários perspicazes e oportunos, tiradas de refinada ironia, o grau correto de exagero nas exclamações. Uma performance memorável do garotinho, que ficara gravada em seus corações.

Kira não sabe explicar, e não entende ao certo o porquê de ficar tão ansiosa quando Nico se junta a ela. Como se o conteúdo fosse uma extensão de si, e o julgamento do marido se direcionasse a ela. Por isso *A explosão no porto de Beirute* representa tanto.

O vídeo acaba de forma trágica. Uma falha mecânica derruba o helicóptero de Krishnan Nair, e o astro do cinema indiano morre no instante em que a nave toca o chão, em uma explosão que corta abruptamente o ritmo daquela tarde. Kira complementa o silêncio de Nico, diz que esperava mais. *Nem se compara a "Wu Yongning cai de um prédio de 62 andares"*, ela sugere. Nico sorri com satisfação ao relembrar. *Tem razão, esse é excelente.*

Assistem, em seguida, ao *Incêndio florestal em Marmaris*. Avaliam o conteúdo como *regular*.

***

Boatos davam conta de que Nico vinha bebendo, em horário comercial. Que parte do que Kira recebia em gorjetas era repassado para que ele curtisse a boa vida. Isso logo nas semanas seguintes à demissão, quando ele se reservava a um supostamente breve período de luto.

Não demorou para que os homens da cidade ligassem uma coisa à outra e, após veladamente segregá-lo, passassem a regular a linha de custo da economia familiar destinada à beleza de suas mulheres. E as gorjetas de Kira minguaram.

Muita coisa mudou desde o episódio com a revistinha. E muita coisa ficou exatamente como estava. Os dias continuam parecendo mais longos do que de fato são, e as semanas passam num piscar de olhos; Nico a cada dia mais distante de se restabelecer, em casa, e na sociedade, e para si mesmo, sobretudo. Ele não passa mais os dias dormindo. Acorda cedo e permanece na cama, com os olhos fechados, simulando o sono até ouvir o carro de Kira dobrando a esquina em direção ao trabalho. Nico não vai mais ao bar. Ele cruza a fronteira, vai para onde ninguém o conheça. Passa a frequentar um shopping center fora da cidade, com uma banca equipada e diversa, onde desbrava um denso universo de revistas, e eventualmente alguns catálogos – costuma encontrá-los, com mais frequência, em lojas de roupas e calçados, em abundância por ali.

Rapidamente, os catálogos de sapatos femininos se tornam menos interessantes. Nico passa a buscar a cristalização do seu desejo em outros lugares. Recursos digitais não interessam a ele, que gosta do aroma da impressão, da textura. De folhear uma revista e de repente flagrá-los bem ali: pés femininos livres de qualquer vulgaridade pornográfica; surpreendidos em sua beleza mais circunstancial e despretensiosa. Pôde encontrá-los em publicações sobre saúde feminina e nutrição. Revistas de musculação e bem-estar se revelaram excelentes para encontrar solas. Até mesmo em panfletos de decoração de apartamentos, e certa vez em um informativo de financiamento imobiliário, Nico encontrou satisfação.

Durante meses, habituou-se a se desfazer das revistas. Às vezes as queimava, para evitar que Kira ou um vizinho curioso as encontrasse no lixo. Desfazia-se delas com promessas de que era a última vez que cruzaria a fronteira em busca daquilo. Até que passou a escondê-las – meio que admitindo que o impulso voltaria – sob o tapete do porta-malas, pensando que assim não precisaria mais cruzar a fronteira, afinal teria material bem ali. Quase imediatamente, descobriu que não era o caso. Não se satisfaria em repetir a experiência, ele precisava de material novo toda vez.

Se eram os pés, ou os sapatos em si – ou até mesmo o deslocamento, a aventura depravada, a própria noção da devassidão dos seus atos e, consequentemente, a vergonha e a culpa – que tornavam aquilo tudo tão estimulante, ele não saberia responder.

***

L.D. o supervisionou durante oito anos, na fábrica de colchões. Um bom gestor, com sua justa parcela de defeitos. Era conhecido, sobretudo, pelo seu aguçado senso de organização e priorização. Com o passar dos anos, tornaram-se bons amigos, com as limitações que uma relação dessa natureza invariavelmente impõe. Ainda aparece para jantar, de tempos em tempos, com Nico e Kira. São refeições agradáveis, em que não raro a ferida exposta é cutucada por um comentário amargurado, quando a embriaguez de Nico já está a ponto de fazê-lo bocejar.

Não podíamos defasar nossa operação. Você precisa visualizar o todo, tente dar dois passos para trás. O mercado já estava usando Von Himmler há pelo menos seis meses. Se tivéssemos sido condescendentes com a entrega do seu setor, Nico, deixaríamos de competir, e aí seria questão de tempo para que, em vez de oito, demitíssimos todos os quatrocentos empregados, incluindo você. Eu não faço as regras do mercado. Você entende isso, certo?

A carne ensopada com cenouras e batatas é bastante elogiada. Kira foi quem preparou. Nico picou o alho, uma cebola e pimentões. O jantar tem um aroma delicioso, e harmoniza com o vinho. L.D. mantém um tom moderado, sem se exaltar ou demonstrar irritação. Fala como se não fosse o ganha-pão de alguém sendo discutido ali. Essa frieza é muitas vezes censurada em seu ambiente de trabalho, porém nunca por seus superiores. Kira vai até a cozinha e cutuca o ouvido com a extremidade de um garfo, sem que ninguém perceba, como se empurrasse o ruído para o fundo, até desaparecer. Não funciona.

Eu não tenho ambição alguma de que você concorde com a sua demissão, apenas que a entenda. Adoraria te movimentar lá dentro, acontece que você queimou algumas pontes e sabe muito bem disso. E além do mais, se quer saber, esse é o destino de quase todos nós. Chegou pra vocês primeiro. Logo acontecerá comigo.

Todos comentários elogiosos possíveis são direcionados à refeição e à sobremesa. A noite chega ao fim, e Nico assiste o antigo patrão caminhando até a calçada, cobrindo a cabeça de tímidas gotinhas de chuva. *Volte mais vezes*, grita da porta. L.D. responde com um aceno simpático. Nico dá as costas, volta para dentro de casa. Vai até a janela e, por uma fresta da cortina, observa a silhueta de seu antigo supervisor dentro do veículo. Leva alguns segundos até que enfim dê a partida e vá embora.

Como alguém vive dessa maneira?, Nico está com os dedos entrelaçados sobre o peito, contemplando o teto do quarto. *Sem amor, solitário. Um homem bem-sucedido e respeitado. Mas sozinho. Frequenta jantares com outros casais, sempre desacompanhado. Como L.D. suporta viver assim, e nem parece se incomodar?*

Kira toma três comprimidinhos, deixando o copo d'água sobre o aparador. Deita ao lado do marido.

Se o amor é antecipação do luto, Nico prossegue, *e quem ama, ama porque se tem consciência de que um dia todo amor acaba, e as pessoas morrem, e só resta o luto; se amamos porque temos consciência disso, da nossa morte e da de quem amamos; alguém como L.D., que não ama, tem mais ou menos consciência de que vai morrer?*

Ela está de costas para o marido, encarando a base do abajur ou os vãos do guarda-roupas, em silêncio meditativo. Certas convicções a perturbam. Não entende como Nico suporta conviver com pensamentos dessa natureza. São outros os pensamentos que a afligem.

Acha que serei substituída também? Eu tenho tanto medo.

***

Devia ter abastecido ao sair de casa. Kira se queixa do trânsito, ao chegar atrasada do trabalho. Atira a bolsa sobre a mesa e desaba pesada no sofá. *Esses totens automáticos que instalaram agora no posto. Os velhos não sabem usar.* Nico concorda com a observação, apoiando as mãos na cintura. *Um velhinho foi abastecer, se enganou com os botões, confundiu os comandos, trocou as mangueiras. Quando percebeu, havia um fio de gasolina escorrendo até o bueiro, formando um arco-íris na calçada. Não deixariam mais ninguém abastecer sem que limpassem o chão e, claro, que o velho acertasse as contas. Você pode imaginar a fila, os ânimos…*

Suspira ao fim do relato. Existe ali uma espécie de satisfação; o desprazer é recompensado pela oportunidade de contar tudo ao marido, dispor de um fato novo que torne a noite um pouco mais interessante. *Você conseguiu abastecer, afinal?*

Mais tarde, Kira pega o celular e leva até o marido. *Olha só o que fizeram comigo.* Na voz embargada há uma combinação de raiva e vergonha, tão próprias dos humilhados. *Rebaixada a pedicure,* ela diz. Na tela do celular de sua esposa, ele vê um pé feminino, esmalte vermelho, com rolinhos de algodão separando os dedos. Na imagem seguinte, outro, mais bonito que o primeiro, fotografado de um perfil elevado, esmalte branco, veias azuis e dedos magros. Assim, sucessivamente. Cuida do rosto, para que uma expressão não o entregue. Seu coração acelera. É como se esfregasse a perversão em sua cara. Não quer revelar qualquer emoção equivocada, por isso se cala. Faz um movimento confuso com o queixo e as bochechas.

Passa pela cabeça de Kira culpá-lo. Passa por sua cabeça ter uma conversa com ele, carregada de eufemismos, sugerindo que se Nico se empenhasse um pouco mais em sua recolocação, talvez ela não precisasse limpar, lixar, tratar e pintar aqueles pés todos. Um pensamento que Kira afasta. Acaba se ocupando do impacto financeiro imediato, projeta valores, gorjetas. Faz as contas em um caderninho, sentada à mesa da cozinha.

***

Acorda por volta das duas e quarenta da manhã, com a vaga sensação de não ter chegado a dormir – embora ele tenha sonhado.

O sonho acontece em um jardim florido, onde ele é acompanhado por Kira e Suzette. *Você quer ver nossos pés?*, perguntou Suzette. Nico fitou-a com curiosidade. Suzette era loira e alta, uma paixão reprimida do passado. Tinha um escorpião tatuado sobre o tornozelo esquerdo, e seus lábios eram charmosamente assimétricos. Conduzira ele e Kira até uma cabana. Acomodou-se sobre um baú de madeira e desamarrou demoradamente seus all-star vermelhos. Usava a sola de um tênis para remover o outro, arrastando a meia consigo; estava a ponto de revelar seu delicado calcanhar por completo, quando uma exagerada exclamação de *@alphasig-*

mund008 atirou-o subitamente de volta à realidade, à sua cama, transpirando, naquela casa, naquela noite, naquela vida.

Da cama, Nico vê a claridade da televisão da sala pela abertura da porta, refletida na parede do corredor que conecta os cômodos. O paralelo entre ele e os acorrentados na caverna de Platão o diverte.

Encontra a esposa de pernas cruzadas, no sofá. Da xícara de chá, cintila um véu de vapor sobre a face, paralisada em uma expressão grave – as cavidades acentuadas, os olhos duros. *Desculpa se te acordei*, diz a ele. *Tive insônia, vim ver televisão.* Está assistindo ao *Aeroporto de Cabul.* Ele involuntariamente arqueia as sobrancelhas, surpreso. *Começou agora, vem ver comigo.*

Caos em Cabul. Pessoal correndo, desespero total. Quem já pegou a linha verde às sete e meia, sabe como é. @alphasigmund008 alterna a fala com ruidosas mordidas em suas batatinhas crocantes. *E esse Air Force aí, hein?! A galera tá meio que tietando o avião, maluco. Tiozinho ali dando tchau pra câmera. O país sendo tomado pelo Talibã e o cara acenando pra Euronews.* Nico boceja, denotando satisfação e conforto. Kira se encolhe ao lado do marido. Deixa que jogue o braço por cima dos seus ombros, e apoia a cabeça em seu peito. Acompanham a calamidade na companhia daquela criança perspicaz. Afegãos que se projetam à imponente aeronave militar americana, que levantará voo, indiferente aos dramas do mundo ao seu redor. Uma tripulação clandestina se forma em sua lataria, afegãos que se agarram à porta de embarque, às turbinas, ao trem de pouso. *O cara tá no celular!*, assinala @alphasigmund008. *A aeronave vai cruzar o mundo numa altitude de dez mil quilômetros, sob uma pressão que vai literalmente explodir o cérebro dele antes mesmo de cruzar o limite municipal. O cara sabe que não vai chegar nem no Turcomenistão, entendeu? E ele mexendo no celular, como se estivesse esperando o Uber. Como se estivesse cagando no banheiro do Outback, entendeu? Mito pra caralho!*

Na sequência, um inspirado *@alphasigmund008* narra a decolagem do Air Force, e a consequente queda de um punhado de afegãos aflitos, que se agarravam nele em um gesto desesperado para deixar seu país, novamente dominado pelo Talibã. Uma performance espetacular do garotinho. Seus comentários provocam em Nico uma crise de riso que culminará no banheiro. Encostada na porta, Kira verá seu marido abraçado à privada, vomitando o jantar, lacrimejando incontrolavelmente, gaguejando expressões como *o mais puro néctar!* Uma reação que a agrada.

***

O salão amanhece com um homem dormindo junto à porta, sob o toldo, naquele frio, a cabeça apoiada em uma modesta pilha de trapos. Kira se aproxima com um respeito que se confunde com a piedade, e um cuidado que se confunde com o nojo, acorda o desabrigado com duas batidinhas no ombro e um sorriso desconcertado. Sugere acompanhá-lo até a padaria e comprar um salgado para ele. O homem se limita a juntar aquilo que tem e dar o fora dali. Quando ele se levanta, Kira pode observar com minúcia o contorno da face, as rugas, a barba negra, a desorientação no olhar. Deixa para trás uma vasilha de isopor recheada de merda fresca e inconsistente.

Dessa vez, ela abusou do recurso *soneca* do despertador. Por pouco não perdeu a hora por completo. E que noite difícil essa. Devia ter ido dormir após *Aeroporto de Cabul.* Ainda viram *Explosão em Atocha, Notre-Dame em chamas,* além do clássico *Massacre de Srebrenica.* Melhor teria sido nem dormir, talvez. Emendar um dia ao outro. Acordou mais exausta do que qualquer outra coisa.

Acelera a preparação do salão. Se desfaz do que há de lixo, troca as toalhas de rosto. Prepara as capas de corte. O suave deslizar do pequeno Besouro Doo é interrompido subitamente. Engasgou com um algodão sujo de esmalte. Kira vira o robô aspirador de ponta-cabeça, e satisfeita o assiste, impotente, aspirar o nada.

Ela promete que não vai, mas acaba lavando os pratos que deixaram do almoço de ontem na pia da cozinha. *É a última vez.*

Por fim, vai limpar o banheiro. E quando se debruça sobre a privada, escovando-a internamente com desinfetante, o rosto do mendigo lhe ocorre, brota em sua cabeça. Kira para por um instante, ajoelhada diante da latrina, o aroma de pinho subindo da água. Ela contempla uma lajota branca. *Conheço aquele homem de algum lugar.*

O rosto permanece com ela, interrompe seus pensamentos durante a manhã. Mais tarde, se dá conta de que se trata de um ex-colega de Nico, na fábrica de colchões. Era soldador, ou algo assim, pelo que ela lembra. Havia o encontrado anteriormente em uma confraternização natalina, anos atrás, em um galpão alugado pela empresa. A lembrança é interrompida por uma buzina, e alguém batendo uma porta. O marido de Hilda entra exibindo um molho de chaves. Anuncia sua nova aquisição: um carro elétrico. *O único da cidade*, afirma. Um pequeno congestionamento humano se forma à entrada do salão. Mesmo a cliente atendida por Kira se levanta e, descalça, pingando esmalte pelo chão, vai até o pátio. Na vizinhança, percebe-se um movimento de cortinas. *Não vejo nada demais*, ouve de uma massagista, que espia pela janela.

Kira vai lavar o rosto. Sobreviverá ao dia assim, picotando as horas com idas ao banheiro e xícaras de café preto. Alguém fez um comentário maldoso sobre suas olheiras. Será que estão tão ruins assim? *Profundas e escuras*, disseram. Será que é isso mesmo? E qual é a desse ruído insistente? Ela traz no bolso um desencravador metálico, e raspa bem lá no fundo do ouvido. É gostoso, mas não adianta.

ILUSÕES PERDIDAS

Atravessa o silêncio sob olhares evasivos. Cumprimentos circunstanciais com a cabeça. É como se a presença *dele* se fizesse sentir. O Rato, e suas convicções inabaláveis. E dessa vez é diferente, com materialidade, substância. Nos semblantes e na atmosfera, um peso.

Silhuetas escapam pelas persianas da sala Somos Adaptáveis e Aguentamos Firme. Não esperaram por ele. Vai até a máquina de expresso, dois minutos não farão diferença.

O que foi?, pergunta ao jovem aprendiz, encolhido no próprio eixo. *Nada é só que… você tá, tipo assim, bem?* Arturo se serve de uma xícara de café, a pele mais branca que os próprios dentes. Falando a verdade? Parece que o atropelaram durante a noite. Acrescenta dois pacotinhos de açúcar. Vamos lá, o dia começa.

O corredor se abre para ele, longo e vazio. Madeleine quase não o alcança. Por essas e outras, é a melhor funcionária que já teve. Por chegar cedo, por descobrir coisas como as que acaba de lhe contar ao pé do ouvido. Adoraria dar um aumento a ela. Quem sabe quando as coisas melhorarem. Seus lábios invocam uma tragédia institucional sem precedentes. *Obrigado pela informação*, ele diz. *Lembre-se de se manter positiva.*

Os demais executivos estão perfilados numa extensa mesa industrial. Encontra um lugar quase à ponta, em frente a um grafite com as cores da corporação, celebrando um de seus cinco valores corporativos. A sede da Wellbie é repleta de intervenções como essa.

Na televisão atrás de J.C., gráficos em declínio. Sua camiseta afirma: *EU TRANSFORMO DIGITALMENTE OS SETORES PÚBLICO E PRIVADO*. Há quem deliberadamente evite a tela. G.B. enxuga os olhos. Logo se revela o motivo de J.C. ter sido demitido do Conselho da Entrepreneur, como prenunciado por Madeleine - e todos ali sabem o que significa quando um diretor-executivo é chutado de um hub de empreendedores. Mercado, fundos, influenciadores, políticos... significa não apenas que as costas foram dadas a J.C., mas à sua empresa, ao seu projeto como um todo, irreversivelmente. Não é segredo para ninguém. As trombetas começaram a soprar. O começo do fim. Só se volta ao jogo com um projeto vencedor. Depois de quebrar, sem fundos de investimento e um conselho forte... sem mencionar a dívida trabalhista, o rombo nas contas. Como voltar a vencer?

De braços cruzados, encara seus executivos. Como se dissesse: *não quebramos, ainda*! Só o fato de ter convocado essa reunião, preparado um powerpoint, que perseverança! Encara os executivos que escolheu a dedo. A menor demonstração de hesitação agora, e os perderá de vez. Qualquer outro já teria metido as roupas numa mala, ou uma bala na cabeça. Que inabalável essa crença de que a vida é uma série contínua e imprevisível de altos e baixos, em que nada nunca está perdido. Que inabalável a crença na potencialidade, de que o destino não conspira coerentemente para uma única direção. Querer não basta, mas é preciso começar de algum lugar.

São apresentados, em seguida, gráficos de despesas administrativas, impostos, receita líquida, margem, e por aí vai, uns piores que os outros, como se submetesse os executivos a uma demorada sessão de tortura, que se encerra na projeção do valuation da empresa e, consequentemente, no preço das ações.

Pode chorar agora, G.B.

Não quebramos, diz J.C., *ainda. Devemos enxergar essa mudança angustiante como uma oportunidade de crescimento, pessoal e corporativo. E para aproveitarmos essa oportunidade, será necessário aplicarmos o modelo ETT.*

Entrega Total ao Trabalho, a sigla se anuncia na televisão.

***

Arturo fica na dele, mas J.C. está fedendo. Abaixa o vidro, mas fica na dele. É difícil saber se é J.C. ou o carro. Quando alguém deixa sua dimensão particular chegar neste estado, é sinal de que as coisas não vão bem. Em algum dos planos do mosaico que constitui uma vida, as coisas não vão bem. Há lixo espalhado pelo chão, folhetos de publicidade nas laterais. Ao tocar a maçaneta do porta-luvas, Arturo sente uma gosma fria na ponta dos dedos. Quase como tocar o chiclete alheio sob as mesas e cadeiras do colégio. Nojento.

A verdade é que desde a última rodada de captação levantada pela concorrência – coroada pela absorção do Rato pela YuNat –, um aporte agressivo, mesmo para o mercado de tecnologia, quem é que consegue estar bem do lado de cá? Não ajuda estarem em período de Avaliação de Desempenho, quando, por algumas semanas, a cada seis meses, a rotina na Wellbie se assemelha ao que se imagina da inteligência soviética, agente monitorando agente, e ninguém querendo parecer incompetente ou alheio aos predicativos fundamentais da companhia, seus valores organizacionais, ilustrados em uma parede entre a copa e a varanda principal do escritório. Estão todos vigilantes e melindrosos.

Passam em um drive-thru no caminho para o escritório. *Dois milk-shakes*, diz ao totem. A voz robótica repete o pedido.

A esta altura, a Wellbie já tornou-se algo completamente distinto do que idealizava seu fundador. É comum que isso ocorra com empresas de tecnologia. Começa com um sonho ingênuo, como tornar o mundo um lugar melhor, ou simplesmente entupir as pessoas de dopamina. Em uma garagem, ou em uma sala de estar, no quarto de qualquer adolescente. Caso tenha sorte e se prove promissora, a tecnologia é logo absorvida e insertada em um modelo de negócios, que é tudo menos excitante, por algum ajuizado que nem pode cogitar perder o novo emprego como gerente de contas em um fundo de venture capital. É comum que isso ocorra com empresas de tecnologia, sonhar com uma nave espacial e acordar com um motor para máquinas de lavar louças. J.C. vendeu a alma, lá atrás, por alguns poucos milhões. Ele não é de reclamar, mas claro que fica a sensação de que poderia ter se dado melhor, caso acreditasse um pouco mais em si mesmo, insistisse em inovar de verdade, fosse menos imediatista. Se mantivesse fidelidade à sua essência, às premissas que sustentavam o sonho de anos atrás.

Ele não é, contudo, o mesmo de anos atrás, assim como esse milk-shake. Cada vez menos denso e volumoso. Eram tão mais bem servidos. Longe dali, imagina Arturo, executivos do McDonald's jogam contra a margem, tornando o dia de tanta gente um pouco mais decepcionante. Gráficos e projeções mais ou menos confiáveis, indicando o quanto consumidores achariam aceitável que uma marca os sacaneasse; e a partir de que ponto seria inaceitável. Quantas cabeças por trás desse copinho de milk-shake, frustrante na medida certa? Todas as empresas do mundo fazendo o mesmo cálculo ao mesmo tempo, homogeneizando as experiências e tornando a vida mais previsível, sob o verniz da praticidade.

Avançam por um conjunto de ruas ladeadas por altos pinheiros, sobre gramados bem-cuidados, amplas galerias de flores e folhas secas. Água correndo sobre as calçadas, senhorinhas regando os jardins destas simpáticas casas de vila. *Vou te levar em um lugar, tem algo que quero te mostrar.* Têm se tornado mais frequentes, essas saidinhas no meio da tarde. Pode ser que J.C. esteja perdendo a mão. Desde o aporte, a YuNat não apenas vem superando a Wellbie na esmagadora maioria dos processos comerciais, exercendo um share de mercado cada vez mais relevante; como também está furando o balde da concorrente, roubando grandes clientes, até mesmo clientes com histórico de fidelidade.

J.C. vem sendo pressionado como nunca, por instâncias mais altas do que poderia sonhar seu bem-intencionado diretor comercial, pobre Arturo. Está sozinho nessa, e a gente começa a se questionar, *será capaz de manobrar esse navio?*

Estacionam diante de uma confeitaria. J.C. finalmente toca seu milk-shake.

Pense em todos aqueles mendigos do Centro. Amontoados, formando uma grande massa de fedor e sujeira, um aglomerado de pessoas sujas de merda, nas portas das estações, esperando que alguém os ajude com algumas moedas. Precisam que todos os dias, sem falta, pelo menos umas quinze pessoas os ajudem. Caso contrário, não se alimentam. Ponto final. Aponta na direção da confeitaria. Os frequentadores passam por uma catraca, onde retiram suas comandas, retângulos de plástico com um código de barras, que mal cabem nos bolsos. Na fachada do edifício se desenha o perfil de uma baronesa, coberta por uma sombrinha de tule. Perto da rampa de acesso, um maltrapilho suplica aos clientes.

Agora veja esse aí. É o mendigo mais bem alimentado da cidade. Quase que acompanhando as palavras de J.C., uma senhora entrega uma caixa de papelão ao maltrapilho. *Imagine o que tem ali. Uma torta de cereja? Uma torta indiana com creme de bombom? Ele fez exatamente o oposto dos outros mendigos. Ele conhece sua principal ferramenta, a culpa, o combustível da caridade. É um mendigo inteligente, deu às costas aos demais, e encontrou sua lagoa tranquila, farta de peixes gordos, onde pode pescar sozinho. Um bairro tranquilo, onde as pessoas ainda não estão completamente anestesiadas e insensíveis ao sofrimento alheio.* O homem abre a caixa. De longe, se parece mais com uma torta de cereja. Ele desliza o dedo sobre a cobertura, para depois enfiá-lo na boca.

Não quero, Arturo, que a Wellbie seja mais um mendigo maltratado do Centro. Dopados de crack, cagando em marmitas, cagando nas calçadas... fodidos! Cheios de merda, cagados! Precisamos ser como esse cara. Encontrar nosso nicho de velhos ricos, velhos cheios de culpa. Nossa lagoa tranquila. Quero ser alimentado cinco vezes ao dia, que nos encham de guloseimas, bombas de chocolate, tranças de maçã, bolos de cenoura, brigadeiros, beijinhos...

É nessa direção que vamos de agora em diante. Entrega Total ao Trabalho e Inteligência de Mercado. Preciso que você construa um plano de contenção da YuNat e um reposicionamento comercial da nossa empresa. É disso que precisamos.

***

Juro que não esperava tanto, a palestra foi excelente. Marcella repousa o pé descalço no porta-luvas, luzes da estrada correndo sobre os óculos escuros. *Parece bobagem, eu sei.* Arturo relata a ela a conferência de Andy Kürbis, *O ovo cozido de três minutos.* O autor norte-americano costurou em seu discurso a breve experiência, detalhada em seu livro homônimo, que teve décadas atrás como cozinheiro em uma lanchonete e os desafios corporativos e gerenciais que experienciou como diretor-executivo de grandes empresas. Na plateia, centenas de investidores, empresários e gestores, aprendiam com o divertido paralelo entre gerenciar uma companhia e preparar um café da manhã composto de um ovo de gema mole cozido por três minutos, torradas com manteiga e café.

— Você poderia pelo menos fingir que dá a mínima.

— Não que eu não me importe. Mas não consigo me identificar com nada disso. O que você espera que eu diga?

***

Em certo trecho do livro *O ovo cozido de três minutos*, Arturo pensa no Rato. Ele compartilha suas impressões com J.C., junto à nova máquina de expresso, adquirida com o intuito de aumentar o moral dentro do escritório. Ao menos, as pessoas têm um estímulo a mais para levantar e buscar café, exercitar as articulações, trocar banalidades.

"Toda empresa precisa de funcionários inteligentes", escreve Andy Kürbis, no exemplar autografado, adquirido por Arturo. *"Em qualquer nível de uma organização, poderão ser encontrados cretinos, babacas, arrogantes, entre outros adjetivos e qualidades negativas. Mas é com os inteligentes que uma empresa deve tomar cuidado redobrado".*

O jovem CEO acompanha com interesse.

"Em vez de identificar os pontos fracos da operação e buscar solucioná-los, um funcionário inteligente pode farejar problemas gerenciais e sair fazendo acusações [...] e somente uma pessoa verdadeiramente inteligente pode representar um potencial destrutivo, de fato, uma vez que, se não fosse inteligente, ninguém lhe daria ouvidos".

"Em geral, é muito difícil reverter esses casos. Quando o funcionário inteligente assume sua posição publicamente, quando diz

a cinquenta colegas que o diretor-executivo é um idiota completo, cria-se uma grande pressão social para que se mostre coerente, que vá até o fim. Funcionários inteligentes não costumam estar dispostos a abrir mão de sua credibilidade.", conclui Andy.

É o Rato, confirma J.C. *Você acaba de descrever o nosso Rato!*

Sua contratação foi um movimento estratégico para o departamento de marketing da Wellbie. Seguida de uma injeção de recursos, a chegada de um profissional inteligente para o posto a ser ocupado por ele seria determinante para o sucesso do empreendimento nos anos seguintes.

Nunca vi nada igual. É um gênio. Um diamante a ser lapidado, Arturo se recorda da fala de G.B., que viria a ser seu gestor direto, após entrevistá-lo para a posição.

O Rato revelou-se, de fato, um gênio corporativo. Implacável e ciente de sua distinção, construiu uma rede de influência interna a partir de resultados decisivos e de suas convicções inabaláveis. Ainda que a diplomacia não fosse exatamente seu forte, seus muitos defeitos repousavam à sombra de seus resultados.

Uma conversa curiosa se deu na sala Somos Amigos, alguns dias antes. G.B. afundando, grandalhão, em um puff cor-de-rosa, deslizava os dedos sobre um iPad. *Você se lembra dessa época?*, mostrou a Arturo um gráfico alaranjado ascendendo radicalmente. *Éramos mais felizes.* Foram anos de grande prestígio para G.B. Ostentava o Rato como faria o domador com uma fera, fazendo-a saltar por entre argolas, virar cambalhotas, fazer piruetas – até que, cedo ou tarde, acaba mordido ou arranhado. Assim é a vida com as feras. Deslizava o indicador sobre a tela, uma cena que remonta a alguém segurando um álbum de fotografias. Ao tocar o rosto do filho que se foi, o pai constata que, por mais ingrato e ordinário que fosse, ainda assim é insubstituível. O mais amado, e sempre será.

Incapaz de mantê-lo ou promovê-lo, por pouco G.B. não sucumbiu às investidas parricidas do Rato. No dia em que anunciou que seu prodígio estava deixando a empresa, que o Rato havia sido recrutado pela YuNat, G.B. teve a pior recaída em anos. Algo triste de se ver, acabou tentando invadir a casa da ex-esposa...

Aquele merdinha napoleônico! Em seus anos de serviço, o Rato levantou torvelinhos sobre os prados da concorrência. Cometeu pilhagens e castrações. Colecionou cabeças e carcaças, peles e bandeiras.

Um jovem gênio corporativo, um espírito explosivo, em propulsão.

Acima de tudo, um rebelde. Sobre os rebeldes, Andy Kürbis diz: *"Este traço de personalidade pode ser muito contundente. Às vezes, essas pessoas se saem melhor na chefia geral das empresas do que como funcionárias"*.

Em diversas camadas de poder, se ressentiu - inclusive o próprio Rato - que J.C. não tivesse se dado conta disso e agido para mantê-lo, promovê-lo a uma posição privilegiada, como executivo, preso pelas bolas a um pacote agressivo de ações. *Preferiu o G.B., vai entender!* Em G.B. ao menos se pode confiar, deve ter pensado. A calça jeans rasgada na virilha, vulnerável, preso pelas pernas sobre o portão de metal, implorando clemência ao atual marido de sua ex-esposa, que está o ameaçando com um martelo, até cair e perder a consciência na grama macia do jardim de *sua* Astride. G.B. é acordado pelo brilho das sirenes. Saberia ele – balbuciando, algemado, *sóbrio há três anos, Astride*, em frente às crianças – que seu calvário apenas começava?

O Rato não seria um mero ex-funcionário. Não, o Rato, seria um dissidente. Cruzando o campo de batalha, o mercenário caminha em direção às montanhas, onde o inimigo o recebe com uma grande celebração, sob animadas promessas de destruir aqueles idiotas, e entregar suas cabeças em uma bandeja de prata.

***

O grande problema é a desconfiança que isso gera no torcedor, Arturo encontra o vampiro no sofá da sala, o braço esparramado no encosto, a outra mão segurando o controle remoto. Vitor Birner, sorrindo, tenta interrompê-lo a todo custo, ao que Gian Oddi, arqueado sobre a bancada, sob o olhar encorajador de Paulo Andrade, envelopa e conclui seu argumento. À luz branca da televisão, o vampiro torce os lábios. Parece concordar. *O torcedor se frustra, mas confia, Gian. Confia nele mais que em qualquer outro.* Ao lado de Birner, Pedro Ivo Almeida se agita sobre o quadril, quer falar. Vai falar, mas na mesma hora Gian Oddi rebate ao argumento de Birner, que, é claro, ainda não encerrou sua fala. Paulo Andrade não interfere, permite que se dê sequência ao debate, um falando por cima do outro, em um volume crescente. *Porque, tudo bem, um erro assim em uma semifinal já bem encaminhada, com quatro a zero de vantagem. Mas, e se acontece numa final, Birner?* Ah! Parece a deixa que Birner estava esperando, Gian. *Na final, ele crava. Ele é infalível em finais.* Aquela satisfação indisfarçável, tantas vezes confundida com deboche, se faz presente nessa reprise da madrugada. *Polêmica vazia*, resmungou o vampiro. Direto da Argentina, Paulo Calçade, agasalhado com uma corta-vento que o faz parecer um pouco com um boneco Michelin, intercede a favor de Gian Oddi, e neste momento o que se vê – sobre uma faixa ao rodapé do cursor, que questiona se o atacante *ainda coloca medo nos adversários*, um tom de provocação que parece ter se tornado um vício editorial – é uma construção que parte pelo corredor lateral, à esquerda do time que ataca. *O que preocupa não é o lance em si*, diz Paulo Calçade, *só nessa partida, foram ao menos três chances claras desperdiçadas.* Uma inversão encontra o meia Everton Ribeiro pelo centro, no um-contra-um diante do zagueiro argentino. A bola repica e sofre no gramado do Estádio José Amalfitani nesta noite. Surge então o chileno Vidal, puxando a marcação pelo miolo da área, e junto dele João Gomes e Gabriel Barbosa, com os braços levantados desde o início da jogada. Ribeiro finta, entrega para João Gomes, diante do goleiro. Os quatro atletas em condição de finalização, um gol quase certo. O jovem volante pondera e rola politicamente à direita, para Gabigol, o astro da equipe. Uma bola limpinha, sem zagueiro, sem goleiro, ele e o gol. *Cenas como essa têm se tornado cada vez mais frequentes, e o torcedor tem cada vez menos segurança em seu centroavante*, conclui Calçade. Gabriel, Gabriel, tanto já se especulou sobre a direção na qual apontava este traseiro no momento em que se apresentava ao mundo. Aparece estirado no gramado do Amalfitani, incrédulo. Aponta para a lua, Gabriel, mas hoje é diferente. Tem sido diferente, acredite. O replay vem antes do tiro de meta.

***

Todos os funcionários receberam o mesmo e-mail, enviado por J.C. Lê-lo é a primeira atividade de Arturo nesta manhã. Começa pelo título, *"Nem tudo que parece..."*. É um e-mail curto, com o objetivo de pressionar os funcionários a otimizarem seu desempenho. Andy Kürbis se refere a essa atividade como *"dar um empurrãozinho"*.

O e-mail prossegue da seguinte maneira:

O que forja uma empresa vencedora é a forma como ela encara seus momentos desafiadores. E nossa empresa tem uma história repleta deles.

E como foi que superamos estes momentos desafiadores? Pergunte a quem está aqui há mais tempo. Foi se entregando totalmente ao trabalho, com otimismo e assumindo responsabilidade sobre a situação. Se as coisas não vão bem, é nossa responsabilidade sermos otimistas e propositivos para fazer com que as coisas, enfim, voltem a ir bem. Então, sairemos disso tudo ainda mais fortes e confiantes.

Precisamos, portanto, dar boas-vindas e abraçar essa experiência traumática como um catalisador do aumento de desempenho, e consequentemente, da nossa felicidade e autorrealização.

O que não nos ajuda nesse momento: pensamentos negativos. Pensamentos negativos devem ser substituídos imediatamente por pensamentos positivos.

Eu não quero aqui ser insensível. É normal ter um pensamentinho negativo ou outro, de vez em quando. Especialmente quando as coisas não vão bem, e não estamos acostumados a isso. Porque as coisas costumam ir bem.

Estamos incomodados porque não estamos habituados às coisas não indo bem, então não sabemos exatamente como proceder. E aí, é normal nos ocorrer pensamentos dessa natureza negativa.

A questão é que não somos normais. Não queremos pessoas normais. É por isso que as coisas costumam ir bem, porque somos excelentes no que fazemos! Somos absolutamente fora da curva. Ninguém transforma digitalmente os setores público e privado como nós! E sabem por que bons funcionários nem sempre são EXCELENTES? Porque, às vezes, quando um pensamento negativo ocorre, este funcionário sai por aí verbalizando o que pensou, fazendo com que seus colegas pensem novos pensamentos negativos, infestando nosso escritório de negatividade.

Não é o que queremos.

De todo modo, o que gostaria de abordar neste e-mail é justamente sobre o quão bons nos tornamos. O quão fora da curva e excelentes em nossas atividades nós fomos capazes de nos tornar. E principalmente, sobre a grande armadilha da excelência. Quando nos tornamos excelentes em algo, é natural que a gente se acostume aos deliciosos hormônios da maestria. Esses hormônios podem ser altamente viciantes, e talvez não queiramos experimentar novamente os apavorantes hormônios da insegurança de aprender algo novo, de nos confrontar com algo que não dominamos com excelência.

O que quero dizer é: será que estamos atentos a novas oportunidades de sermos excelentes? Será que estamos batendo na mesma tecla de sempre? Albert Einstein dizia: "Loucura é esperar resultados diferentes fazendo tudo exatamente igual."

Na sequência do e-mail, J.C. anexou uma ilusão de ótica. Uma imagem a qual se pode atribuir diferentes sentidos, se observada com atenção. *"Será que nosso olhar está treinado para identificar e atacar novas oportunidades inovadoras?! Ou será que estamos reféns da nossa suposta maestria e de nosso olhar viciado?!"*, provoca.

Uma notificação interrompe a leitura, um bloco de texto que salta do canto inferior direito da tela de seu computador. Madeleine Jasper lhe enviou um arquivo. Ela tem apenas vinte e seis anos, começou a trabalhar aqui há aproximadamente oito meses. Já impressiona por seus recursos técnicos e habilidades comportamentais. Quando as coisas melhorarem, será uma das primeiras a receberem um merecido aumento. Enviou a ele um arquivo, um powerpoint de quarenta slides dissecando a estratégia comercial da YuNat.

Por cima da tela, se choca com os olhinhos de sua funcionária, o observando de seu posto de trabalho, de esguelha.

O arquivo, ele constata, explora à exaustão os diferenciais competitivos e também as fraquezas da concorrente, sua precificação, principais clientes… Ela está sorrindo. Arturo deve ter revelado alguma impressão involuntária. Deve ter feito uma cara, e nem percebeu.

Muito obrigado pelo material, Madeleine, envia a ela. *Impressionante*, dirá mais tarde a G.B. *Desde o Rato, eu não via tanta perspicácia e agressividade. Desde o Rato!*

Lê e relê o material de cabo a rabo, e as ideias vão se formando em sua mente, os planos de ação, os projetos e as forças-tarefa. Formarão comitês e salas de guerra! É como se alguém iluminasse a penumbra com uma lanterna, como se alguém cortasse o mato alto para ele. *É de pessoas assim que precisamos.*

Ao fim do dia, responde ao formulário semestral de Avaliação de Desempenho de Madeleine.

Somos felizes

Demonstra comportamento positivo e propositivo?
Nunca, Raramente, De vez em quando, Na maior parte das vezes, ou Sempre?
— Sempre

Demonstra comportamento otimista e resolutivo?
Nunca, Raramente, De vez em quando, Na maior parte das vezes, ou Sempre?
— Sempre

Demonstra substituir pensamentos negativos por pensamentos positivos?
Nunca, Raramente, De vez em quando, Na maior parte das vezes, ou Sempre?

— Na maior parte das vezes

Somos adaptáveis e aguentamos firme

Demonstra dar boas-vindas a mudanças angustiantes e vê-las como oportunidades?
Nunca, Raramente, De vez em quando, Na maior parte das vezes, ou Sempre?
— De vez em quando

Demonstra resistência espiritual para lidar com situações de abalo emocional?
Nunca, Raramente, De vez em quando, Na maior parte das vezes, ou Sempre?
— Na maior parte das vezes

Entende que experiências traumáticas são catalisadoras do aumento de desempenho?
Nunca, Raramente, De vez em quando, Na maior parte das vezes, ou Sempre?
— Sempre

Somos livres

Demonstra autonomia e autogestão para realização de suas tarefas diárias?
Nunca, Raramente, De vez em quando, Na maior parte das vezes, ou Sempre?
— Sempre

Ao se deparar com um problema, busca resolvê-lo, em vez de resmungar pelos cantos?

Nunca, Raramente, De vez em quando, Na maior parte das vezes, ou Sempre?

— Sempre

Ao finalizar suas atividades, busca ativamente novas atividades por fazer?

Nunca, Raramente, De vez em quando, Na maior parte das vezes, ou Sempre?

— Sempre

Somos amigos

Constrói bons relacionamentos no ambiente de trabalho?

Nunca, Raramente, De vez em quando, Na maior parte das vezes, ou Sempre?

— Na maior parte das vezes

Busca colaborar para resolver desafios do dia a dia?

Nunca, Raramente, De vez em quando, Na maior parte das vezes, ou Sempre?

— Na maior parte das vezes

Ajuda a construir um ambiente receptivo e inclusivo?

Nunca, Raramente, De vez em quando, Na maior parte das vezes, ou Sempre?

— Na maior parte das vezes

Nos divertimos

Esforça-se ativamente para tornar seu trabalho menos entediante?
Nunca, Raramente, De vez em quando, Na maior parte das vezes, ou Sempre?
— Na maior parte das vezes

Esforça-se ativamente para elevar seu nível de bem-estar no trabalho?
Nunca, Raramente, De vez em quando, Na maior parte das vezes, ou Sempre?
— Sempre

Ele envia o formulário.

***

Você tá... pálido? Um beijinho na testa, os dedos magros de Marcella deitando sobre seus cabelos. Improvisou para ele um café solúvel e uma tigelinha de bolachas recheadas, deliciosas tortinhas com geleia de cereja ao centro.
Estou lendo esse livro, ela senta ao seu lado. Arturo está atrasado, mais uma vez. *Não sei dizer o que achei das histórias até aqui. Parece sempre a mesma coisa. Um homem e uma mulher, a história girando mais em torno dele do que dela. E assim vai, sucessivamente, história por história. O homem quase sempre com esse ar de... desdenhoso e, ao mesmo tempo, condescendente? É uma perversão masculina, sempre presente, polida de sobriedade. Um falso equilíbrio.* Arturo pega o livro, desliza o dedo por entre as páginas. *Às vezes tenho a impressão de que ele não sabe aonde quer chegar. As histórias acabam se espalhando por toda a*

parte. Passa a impressão de que ele simplesmente quer falar de si. Expressar algo sórdido a seu respeito.

Apesar de fazer tanto tempo que Arturo não se dedica à escrita, que não produz uma passagem que seja, o que é isso que ele está sentindo? Ciúmes literário? Sua garota lendo outro cara, como assim?

Tive uma ideia esquisita, e não sei o que fazer. Olha só. Ele conta a ideia a ela. Um astro do rock de décadas atrás, atormentado pela consciência de que os anos dourados ficaram em sua tenra juventude, concentrados em um período de três anos e dois álbuns, começa a se deprimir com a conclusão de que não fará mais nada de relevante até o fim de sua carreira. Foram mais de trinta lançamentos, e nem a sombra do sucesso de outrora.

Ao redor do mundo, suas apresentações continuam mobilizando milhares de *consumidores*. O astro é um fenômeno comercial do rock, e sabe disso. Não o deixam esquecer. *Eles querem essas quatro canções. Faça o que tem de fazer no resto de suas duas horas lá em cima*, é o que dizem a ele. O público ouve com respeito e timidez o restante da apresentação. Uma imagem que se repete, de concerto em concerto. Mas *naquelas* quatro músicas – há tanto tempo ele as odeia, canções que o alçaram a uma certa altitude da qual não resta outro caminho senão a queda –, a plateia, delirante, disputa cada centímetro quadrado, entoando um canto de veneração catártica. Uma catarse que o ignora, levemente embriagado, de carne e osso, envelhecido e pouco inspirado, se atrapalhando com os acordes. Um número que se encerra com o pobre astro invariavelmente soterrado de palmas amargas, e vazias declarações de amor.

Algo em seu coração indica a ele que morrerá em breve. O astro se refugiará em um povoado escondido entre os montes asturianos, acompanhado de duas simpáticas cabras, María e Inês, com quem irá preparar seu ato final. Trabalharão por dois anos, na concepção de um disco tão hediondo quanto possível, não apenas incompreensível e avesso ao consumo, mas deliberadamente pobre e desprovido de espírito. Se recusará a tocar *as quatro canções*, e sua última turnê será um horror, como o álbum será um horror. Como foi sua carreira, e como ele sempre se sentiu. María e Inês subirão ao palco com ele. Uma imagem encantadora, que se repetirá nas principais cidades do planeta... Então, será óbvio constatar que aqueles rostos na plateia, espantados e constrangidos, esperavam, na verdade, por um meteoro que já passou, restando apenas a cratera.

O que fazer com essa ideia? Marcella sugere que ele volte a escrever, sei lá. Acontece que a ideia não dá um livro, ele argumenta. Rende uma página e meia, com sorte.

***

Curiosos olham e riem através da parede de vidro. Arturo só foi se dar conta de que a festa à fantasia era hoje quando subia o elevador ao lado de um rapaz do Financeiro, vestido de soldado romano. Voltou à rua e, podem olhar à vontade, a única coisa que encontrou nos quarteirões vizinhos foi esse arco ridículo de orelhas de coelhinho.

Madeleine o ajudou, aplicando batom vermelho em seu nariz, e lápis de olho para desenhar os bigodinhos. Ela se vestiu de Velma do Scooby-Doo. Montou-se com a mesma diligência que emprega em tudo que se propõe a fazer.

A ação se concentra na copa e na sala Somos Amigos. Todos os funcionários foram liberados mais cedo. Conversam nas imediações do galão de água mineral, jogam beer pong e flip cup e dançam no carpete, diante do projetor, ao som de sucessos populares.

Maconha no terraço, cocaína no banheiro.

Arturo anota mentalmente as fantasias que desfilam diante da parede de vidro. Uma lésbica de um metro e meio de altura, caprichosamente fanstasiada de Bibble – a fada peludinha em *Barbie Fairytopia*. Sandy Bochechas, Barack Obama, Michael Jackson. Há também um Jotalhão, Dino, da *Família Dinossauros*. J.C. repete a fantasia dos anos anteriores, um unicórnio cor-de-rosa, já surrado, cada vez mais distante de valer um bilhão de dólares.

Os gestores se observam de esguelha. Ninguém quer ser o primeiro a abandonar o posto de trabalho. A ideia surgiu do próprio J.C., uma confraternização para aliviar os ânimos, intensificar os laços e aumentar o moral. Arturo aproveita o tempo para adiantar as avaliações de desempenho remanescentes. A começar pela sua autoavaliação.

Somos felizes

Demonstra comportamento positivo e propositivo?
Nunca, Raramente, De vez em quando, Na maior parte das vezes, ou Sempre?
— Na maior parte das vezes

Demonstra comportamento otimista e resolutivo?
Nunca, Raramente, De vez em quando, Na maior parte das vezes, ou Sempre?
— Na maior parte das vezes

Demonstra substituir pensamentos negativos por pensamentos positivos?

Nunca, Raramente, De vez em quando, Na maior parte das vezes, ou Sempre?

— De vez em quando

É um sinal de maturidade profissional e credibilidade avaliar a si mesmo um pouco abaixo da percepção geral. Transmite aos demais uma busca constante por excelência. Faz com que gestores próximos tentem convencê-lo do contrário, de que na verdade você está indo muito bem.

Um trabalho bem feito nesse sentido fará com que "*se cobrar demais*" anule ou encubra outros defeitos menos virtuosos.

Somos adaptáveis e aguentamos firme

Demonstra dar boas-vindas a mudanças angustiantes e vê-las como oportunidades?
Nunca, Raramente, De vez em quando, Na maior parte das vezes, ou Sempre?

— De vez em quando

Demonstra resistência espiritual para lidar com situações de abalo emocional?
Nunca, Raramente, De vez em quando, Na maior parte das vezes, ou Sempre?

— Na maior parte das vezes

Entende que experiências traumáticas são catalisadoras do aumento de desempenho?
Nunca, Raramente, De vez em quando, Na maior parte das vezes, ou Sempre?

— Sempre

Toda organização é a sombra ampliada de seu líder, escreve Andy Kürbis, em *O ovo cozido de três minutos*. Arturo se surpreende quando os clichês se afirmam na realidade. A avaliação que fez de Madeleine se parece muito com a que faz de si mesmo. Seus pontos fortes são os mesmos de sua liderada. Seus pontos fracos também se manifestam no comportamento dela.

Não é o caso, no entanto, de Joni. Na sua equipe há pouco mais de cinco meses, é difícil definir se está na lista de promoção ou demissão. Se ele deve à empresa ou se a empresa deve a ele. Se gera ou consome recurso. Na festa, faz certo sucesso. Circula pelo escritório, exibindo suas imitações de Dwight Schrute, os trejeitos de um personagem que, na verdade, nada tem a ver com ele, colecionando gargalhadas e alguns constrangimentos cômicos.

Não pense ele, porém, que por isso Arturo pegará leve em sua avaliação. Porque, sinceramente, *demonstra resistência espiritual para lidar com situações de abalo emocional?* Eu acho que não. *Ao se deparar com um problema, busca resolvê-lo, em vez de resmungar pelos cantos?* Muito pelo contrário, é o primeiro a buscar um canto para reclamar. Poderia também tentar *ser mais feliz. Substituir pensamentos negativos por positivos*, pelo menos de vez em quando. Não custa se esforçar, tentar enxergar oportunidades nas mudanças angustiantes.

Deveria ser um pouco mais inteligente, espelhar seu comportamento no de Madeleine. O sonho de todo gestor é estar cercado de pessoas como ela.

Somos livres

Demonstra autonomia e autogestão para realização de suas tarefas diárias?
Nunca, Raramente, De vez em quando, Na maior parte das vezes, ou Sempre?
— Na maior parte das vezes

Ao se deparar com um problema, busca resolvê-lo, em vez de resmungar pelos cantos?
Nunca, Raramente, De vez em quando, Na maior parte das vezes, ou Sempre?
— Na maior parte das vezes

Ao finalizar suas atividades, busca ativamente novas atividades por fazer?
Nunca, Raramente, De vez em quando, Na maior parte das vezes, ou Sempre?
— Na maior parte das vezes

Incomoda-se um pouco com a repetição nas respostas. No entanto, não é bom exagerar no julgamento quando se trata de Somos Livres. O melhor é passar despercebido. Comportamento sólido e desenvolvido, com pontos de evolução. É a autopercepção que vale transmitir.

A festa afunila. Improvisam um karaokê na Somos Amigos. J.C. coloca a cabeça, chifre e tudo, para dentro da sala de cada gestor e gestora. *Já vou, só um instante,* sorri Arturo.

Somos amigos

Constrói bons relacionamentos no ambiente de trabalho?
Nunca, Raramente, De vez em quando, Na maior parte das vezes, ou Sempre?
— De vez em quando

Busca colaborar para resolver desafios do dia a dia?
Nunca, Raramente, De vez em quando, Na maior parte das vezes, ou Sempre?
— Na maior parte das vezes

Ajuda a construir um ambiente receptivo e inclusivo?
Nunca, Raramente, De vez em quando, Na maior parte das vezes, ou Sempre?
— Na maior parte das vezes

Nos divertimos

Esforça-se ativamente para tornar seu trabalho menos entediante?
Nunca, Raramente, De vez em quando, Na maior parte das vezes, ou Sempre?
— De vez em quando

Esforça-se ativamente para elevar seu nível de bem-estar no trabalho?
Nunca, Raramente, De vez em quando, Na maior parte das vezes, ou Sempre?
— Na maior parte das vezes

Ele envia o formulário.

Chega um carregamento de pizzas, ao anoitecer. Arturo pensa em se juntar à festa, comer um ou dois pedaços, e responsavelmente ir embora. Pode não ser o melhor comportamento em termos de Somos Amigos ou Nos Divertimos, mas a forte demonstração de Entrega Total ao Trabalho que deu nesta tarde deve compensar. Em momentos de crise, quem sabe ler nas entrelinhas a política corporativa entende de imediato que ser adaptável e aguentar firme sobrepõe qualquer outro valor empresarial, e nisso ele foi muito bem.

Conversas, risadas, um coro de sucessos populares ao fundo. Vai à copa e transita entre os grupos. Comerá um ou dois pedaços de pizza e irá para casa em seguida. Antes de passar qualquer constrangimento, antes de falar algo que não deveria. Antes de revelar um segredo, ou que o revelem algum. Vai à geladeira e segura uma lata de cerveja. Talvez seja melhor evitar beber nesse tipo de situação. Ou simplesmente evitar esse tipo de situação como um todo. Afinal, apesar do que está escrito na parede, ele é mesmo amigo daquelas pessoas?

***

Marcella o confronta no caminho para o trabalho. Tem percebido nele uma inquietação, desde que acordou. Tamborila no volante. Ergue as sobrancelhas. *Nada não.* Quem ele quer enganar? Os olhos esquivos, a voz naquela oitava acima, um certo tom que ela conhece bem. Está assim desde que acordou, evasivo. Um caracol em sua concha de calcário, só as anteninhas para fora. *Não desconversa, eu te conheço.* As mãos suando ao redor do volante. Essa expressão, Marcella sabe o que significa. Significa que ele está prestes a falar algo incômodo. Arrancar do peito uma angústia ainda crua, desarticulada. É só esperar.

O sol pesa sobre sua pele, cada vez mais pálida, realçando as veias verdes, os poros de onde eclodem esparsos pelos de barba, de um castanho claro. Ele lera, em certa revista de aconselhamento profissional, sobre os benefícios da atividade física para a melhora no desempenho executivo. Vai ver é isso que esteja faltando. *Não me sentia assim desde a faculdade*, diz a ela. *Tenho acordado tão cansado, que é quase como se eu não tivesse dormido.* Foi até tarde na noite anterior, trabalhando no relatório, correndo contra o tempo, o tempo contra ele. Desde que evocado o ETT, a vida tem sido assim. E mesmo que trabalhe mais horas, parece incapaz de alavancar seu desempenho. Sem desempenho, sem motivação; sem motivação, sem desempenho. Sem energia, sem bem-estar e vice-versa. O cruel volante de inércia daqueles que estão numa pior.

Marcella sabe que ele só está desconversando. Não é isso que está entalado em seu peito. Eles têm tempo, e o trânsito parece colaborar com Arturo, deixar que ele ensaie uma forma de abordar o assunto de uma vez por todas. Até que em determinado momento se desata o nó, e as palavras vão escoando por entre os dentes, quase involuntariamente. É mais fácil ao volante, sem ter de olhá-la nos olhos.

Sabe o que é? Eu talvez… eu talvez tenha fodido tudo. Tudo não, mas fodido um pouco as coisas pro meu lado, lá na empresa. Na verdade, não é nada demais. Só talvez eu tenha cometido um equívoco, me comportado de forma inadequada.

Ela ouve com atenção, sem saber o que dizer. É quase sempre assim. E também não quer parecer indiferente, só que dessa vez ele há de entender que não é fácil.

— Ontem tivemos uma reunião entre duas áreas. Você se lembra do G.B., certo?

— O da festa de encerramento?

— O da festa de encerramento, sim.

— O que dança engraçado.

— Não, quem é esse? G.B. é o que gritou obscenidades.

— Ah. Esse, claro. O que gritou obscenidades para a faxineira.

— O G.B. estava apresentando a ideação de um novo projeto entre as áreas. Um bom projeto, entenda, não fiz o que fiz por achar um projeto ruim, ou ineficiente. G.B. estruturou um bom projeto, fez um bom trabalho. Ao fim da sua apresentação, após a definição dos escopos, determinados os prazos e responsabilidades, ele disse uhul!, e a sala toda uhul!... Do que você tá rindo?

— Nada, não tô rindo.

— Você tá rindo.

— Desculpa, não tô. Continua, por favor.

— Não vou falar mais nada enquanto você estiver rindo.

— Eu não tô mais.

— Bom, ele disse uhul!, e as pessoas uhul!… e eu não sei o que houve, eu talvez estivesse distraído pelas coisas todas de sempre, o baixo desempenho da empresa, e também não tenho dormido bem. Acontece que eu não disse uhul! de volta. Tá bem, agora você tá rindo.

— Desculpa, eu… de verdade!

— Eu cansei de esperar que você entenda esse tipo de coisa. Que você entenda que se eu não disse uhul!, posso na verdade estar passando uma mensagem inadequada, uma mensagem que não quero transmitir. Eu vi como G.B. me olhava na sequência. Um olhar que diz *não pude deixar de notar que você, meu chapa, não disse uhul na reunião*, sabe?

— Arturo…

— Que você entenda que isso pode trazer dúvidas, no momento em que G.B. estiver preenchendo o meu formulário de Avaliação de Desempenho, a respeito da minha capacidade de dar boas-vindas a mudanças angustiantes e vê-las como oportunidades. E quanto ao meu comprometimento em colaborar para resolver desafios do dia a dia? Que mensagem isso passa, me diz?

— Por que você simplesmente não pede desculpas por não ter correspondido?

— E então, quando J.C. reunir-se com o board, isso se o board existir até lá, para discutir próximos passos, promoções, rebaixamentos, demissões, quando eles estiverem com uma longa planilha com nomes e números em mãos, acha que a planilha me apontará como uma referência? Acha que serei percebido como excepcional, ou apenas muito bom? Estou cansado de esperar que você entenda, ou ao menos se esforce.

— ...

— Você não entende e nem tenta entender meus dilemas. Você os acha artificiais e ridículos. É por isso que tenho que guardá-los todos em mim, sempre.

***

É madrugada, Arturo acorda com o vampiro sobre ele. Do lado de fora, nuvens coloridas em um céu luminoso. Sombras dançam nas paredes do quarto. Árvores urbanas se dobrando ao chiado seco do vento, no crepúsculo pardacento. É assim, ao menos nessa época do ano. Marcella dorme com a boca meio aberta, virada para ele, deitada sobre a concha das mãos. O que é isso que está sentido? Não é frio, e também não é quente. Basta piscar os olhos, está em um quarto de bebê. No papel de parede, a ilustração de camponeses com seus garfos de pasto, diante da paisagem aberta. De novo, e de novo, e de novo. Olha em volta, vê as grades de um bercinho branco de junco trançado, com as bordas guarnecidas de acolchoado protetor. Um quarto quase vazio. Um trocador, junto de um cercadinho retangular. Ainda sente o peso sobre ele, a respiração rarefeita. Aprende que pode mover as pernas, chuta um chocalho. Do móbile giratório sobre sua cabeça, cavalos-marinhos sorriem para ele. Mais adiante, do alto da cômoda, bichinhos de pelúcia o observam. O adorável Ursinho Pooh com um pote de mel, seu amigo Tigrão. Um gorila, um hipopótamo. Um enorme Bob Esponja... Não suporta, no entanto, a imagem daquele cachorrinho, que teve seu olho de botão impiedosamente arrancado. Não, isso ele não suporta. A culpa de ter mutilado um amigo leal, a mais inocente das criaturas. A lembrança de tentar forçar o olho de volta, em vão, vez após vez, na pelúcia deformada para sempre. Arturo se dá conta de que pode chorar. E seu grito rasga a madrugada. Essa madrugada, em que as nuvens são cor-de-rosa, sobre um céu luminoso, e cavalos-marinhos dançam nas paredes, no campo aberto. O pânico rompendo a ausência. E lá vem a mãe arrastando as pantufas no assoalho. No peito quente, suas costas cobertas pela mão materna, tudo se acalma. As lágrimas esfriam, devagar. Não olhe para trás. Não, ignore o pai à porta. *Tenho que trabalhar em quatro horas.* Ignore isso, sério. Ele só está cansado, de pijamas, os olhos pesados. Teve um dia cheio, não está de bom humor. Quanto ao seu cachorrinho, não se preocupe. Mamãe irá costurar o olho de volta. Mamãe tomará conta de você. Ela dará conta de tudo. Se concentre nas batidinhas no dorso. *Shshshs.* Você está vivo, é só sua infância. Seu quarto de criança, este preciso instante. Essa lembrança vívida, este clarão. O caminho está aberto para você. Parcelas de um financiamento de trinta anos, doze meses de contrato de locação, o seguro-fiança em quinze por cento. *Vesting, cliffing, stocks, exercise, set price, QoQ, YoY, ARR/FTE, net profit margin...* Não, não pense nisso. Essa é a vida. Forte Apache e soldadinhos de plástico, comerciais de bolachas recheadas na televisão. Teletubbies e O Laboratório de Dexter. Você pode ser o que quiser, Arturo, o horizonte está aberto. Ir ao mercado, ao caixa eletrônico, há contas a pagar, há impostos. Alguém precisa limpar a casa. Alguém precisa consertar aquele vazamento. Alguém precisa levar o lixo, escovar o fundo da privada. Não, você ainda tem a adolescência pela frente. Você tem a vida toda. Neste quarto, a vida toda, para sempre. Sua mãe está aqui, para sempre, a vida toda. Caninos deslizando em seu róseo pescocinho. Não se assuste. A língua áspera pressionando os lóbulos. *Pensamentos negativos devem ser evitados*. A voz da mãe, inconfundível. *Eles devem ser substituídos imediatamente por pensamentos positivos*. Marcella está com a boca meio aberta, virada para ele. Nessa época do ano, o vento seco dobra as árvores no crepúsculo pardacento. Duas e meia da manhã. O que é isso que está sentido? Quatro horas de sono, é tudo que tem.

***

Segue J.C. por um corredor estreito que vai dar na sala Nos Divertimos. Acomodam-se sobre um tapete de sisal, de pernas cruzadas. Pelas janelas de vidro, se pode ver a estação e o rio. Na outra margem, a chaminé da fábrica sopra um manso vapor.

Quero lhe mostrar uma coisa.

Do compartimento inferior da prateleira, logo abaixo do PlayStation, ele retira uma caixa já desgastada do Banco Imobiliário, comprada no ano seguinte à fundação da empresa, para estimular a integração e o senso de pertencimento entre os funcionários. Até que está em bom estado, considerando as circunstâncias. As casinhas e hotéis, claro, estão faltando vários – e é tão raro precisar deles! Mas se for necessário, uma tampinha de cerveja, qualquer objeto pequeno serve. Se dá um jeito. Quem foi que dobrou todas as cartas de sorte? Que tipo de gente faz isso? Agora eles têm que dobrar todas as cartas de revés, se não o jogo perde a graça. E terão de improvisar a Avenida Brasil, que foi supostamente mastigada e engolida pelo filho de um veterano da área de Atendimento ao Cliente, no último dia dos pais. O dinheiro é distribuído e eles começam a jogar.

Fizeram um experimento com Inteligência Artificial, J.C. mexe os dados e os arremessa sobre o tabuleiro. Três mais dois, *voilá,* Companhia de Aviação. *Simularam dezesseis milhões de partidas, e sabem o que descobriram? Que quem sai na frente tem suas chances de vitória aumentadas em oitenta e sete por cento.* Seis mais quatro, Arturo vai direto para a cadeia. Começou bem o jogo para ele. *O experimento também observou que, quanto mais rodadas se passa na cadeia, maiores suas chances de vencer* – quando se tem alguma posse, é óbvio. *Mas isso não contribui em nada para o que eu gostaria de dizer a você. Afinal, ninguém aqui quer ir preso. Arturo, se queremos aumentar nossas chances de vencer, precisamos sair na frente. Precisamos chegar primeiro nos clientes em potencial.*

E lá vai Arturo, de novo, cobrar agilidade da equipe. Em plena Avaliação de Desempenho? É improvável que tenha algum resultado. O roteiro se repete toda vez. Culpam agências terceirizadas, o departamento de Inteligência de Negócios... que francamente? Do outro lado, o Rato explora habilmente este calcanhar de Aquiles. Já está até perdendo a graça.

Decidem parar de jogar quando Arturo inaugura seu primeiro hotel na Avenida Atlântica. J.C. com apenas duas notas de cem nas mãos, para além de umas notinhas de um e de cinco. *Diferentemente de outros jogos de tabuleiro clássicos, não se pode ganhar no Banco Imobiliário apenas com estratégia. Foi o que aprenderam com o experimento com Inteligência Artificial.* Está sem sorte, ao que tudo indica. *Ultimamente, nem no Banco Imobiliário...* Isso é novo: os olhos baixos, o sorriso constrangido. Uma lição que Arturo não aprendeu ainda: ao se deparar com esse tipo de apatia no semblante de seu comandante, não espere o navio afundar. Um capitão que falha até mesmo em sustentar suas metáforas. Diante da catástrofe, o empreendedor contempla os predicativos fundamentais de sua organização, escritos na parede.

Onde é que estamos errando?

***

O Rato jogou sujo dessa vez.

G.B. acena para Arturo antes de entrar na sala Aguentamos Firme. Para ele é sempre mais doloroso quando é o Rato. Os demais executivos tentam evitar o tom de culpabilização, o "você começou tudo isso, afinal", porque não seria muito amigável, e muito menos propositivo ou otimista. Embora seja difícil evitar fazer uma cara.

O Jurídico enviou um de seus figurões, o setor de Contabilidade também. Embora Arturo adoraria comparecer à sala de guerra, ele se mantém fiel ao plano, vai tentar corrigir o erro. Madeleine o representa. Para ela, é uma oportunidade de carreira.

Bom para ela. Na redoma de vidro, Arturo escava páginas e páginas de resultados de pesquisa, perfis de redes sociais desativadas, descartando xarás do colega aos montes, gente que não se parece em nada com ele. Para se redimir com G.B., vasculha seu passado. Para agradá-lo, deve conhecê-lo. Até que encontra um antigo blog de design precário, modelado em um template comum. Chama-se Vida de Tartaruga.

Arturo explora as seções. É surpreendente. Em algum momento de sua vida, G.B. parece ter cultivado uma certa obsessão por esses animaizinhos. Na seção *Espécies*, o leitor encontra especificações técnicas – algumas já desatualizadas – a respeito do risco de extinção, dieta, habitat, tamanho e peso. Se a cabeça é grande, se a mandíbula é forte... E as nadadeiras, são curtas ou longas? As traseiras são maiores que as dianteiras?

Outra seção apresenta ao internauta uma série de fábulas protagonizadas por tartarugas marinhas. Arturo começa a ler um dos contos.

Uma tartaruga recém-nascida se perde a caminho do mar, e é abordada por um pequeno caranguejo. Diferentemente do que sugere o que se sabe a respeito das espécies, este pequeno caranguejo não tem intenção alguma de se alimentar da tartaruguinha. *Eu sei*, ele diz à tartaruga. *Sou seu predador natural. Mas sou um caranguejo diferente! Estou aqui para ajudar.* O crustáceo, então, a conduz até o fim da praia, onde a tartaruga conhecerá a civilização, seus carros e prédios, entre outras invenções, impressionantes para quem nada conhecia além do interior de um ovo.

Me siga, diz o caranguejo acenando com a garra, à entrada de um bueiro. De repente seu mundo fica escuro. O crustáceo revela ser o administrador de uma pequena empresa naquele esgoto. Ele não quer comê-la, mas empregá-la. Se aceitar, a tartaruguinha poderá trabalhar para ele, em troca de uma porção de conchas ao fim de cada mês. *Se for eficiente, trabalhadora e propositiva*, diz o caranguejo, *terei o prazer de ampliar sua cota mensal de conchinhas. Terá tantas conchinhas, que será incapaz de contar! Só depende de você. O que me diz?*

Um desempenho eficiente e um comportamento exemplar fazem com que a tartaruga colecione promoções e venha a acumular conchinhas, bem como passe a compreender os mecanismos daquela organização. Por mais que trabalhe duro, por mais que se dedique, jamais terá mais conchinhas que seu empregador. Em vez de fazer algo a respeito, se revoltar contra o crustáceo e esmagá-lo com seu enorme casco, a tartaruga, já adulta, tem uma ideia diferente. Decide abrir sua própria organização. Contrata tartaruguinhas e caranguejos, e até mesmo alguns camundongos. Repete a eles o discurso que tanto a encantou, anos atrás, com a mesma paixão de seu antigo patrão – uma paixão tão verdadeira, que é quase capaz de acreditar nele novamente.

Se forem eficientes, trabalhadores e propositivos, diz a tartaruga, *terei o prazer de ampliar suas cotas mensais de conchinhas. Terão tantas conchinhas, que serão incapazes de contar!* Ela se tornou muito boa nisso. *Só depende de vocês.*

Os boletins financeiros revelam uma tartaruga cada vez mais rica. São contratados novos caranguejos, tartarugas e camundongos, alguns deles com a mera tarefa de recrutar ainda mais animais. Entram baratas, camarões e até alguns grilos. Milhares de formigas. Com um desenho organizacional tornando-se mais robusto e confuso, entre fusões e aquisições, a tartaruga não mais comanda uma empresa, e sim um organismo vivo. Um império subterrâneo.

Talvez a essa altura, ela pensa, *o esgoto seja todo meu!*

Ao fim da vida, a promessa do caranguejo se faz verdadeira. A tartaruga já não é mais capaz de contar suas conchinhas. Uma equipe de gafanhotos é responsável por administrá-las em um portfólio diverso, composto por renda fixa, fundos imobiliários, capital de risco...

Seu império segue expandindo, valente, esgoto adentro. Até que, certo dia, uma reunião com acionistas é interrompida por um anfíbio de baixo escalão. *Como ousa!*, dizem os acionistas. O anfíbio diz que é urgente. *Nunca presenciamos nada parecido*, diz à tartaruga, *e achamos que você deva ver com seus próprios olhos.*

A tartaruga é conduzida pelas tubulações, no sentido das águas daquele córrego lamacento. Até que se avista uma luz viva, que ilumina e ameaça.

Você tem certeza? Conforme avança, solitária, reconhece a brisa do oceano. Ouve o ventre da mãe, o quebrar das ondas, vê a areia. O túnel se afunila, o instinto aguça. Recorda-se das irmãs patinando na areia quente, buscando o caminho do lar.

Seu corpo cresceu mais que as tubulações, apertado pelas paredes. A tartaruga insiste, investe contra o caminho estreito. Com dificuldade, chega à passagem onde o esgoto encontra a praia. Ela se dá conta de que seu casco rachou e se partiu, e que seu corpo sangra. A tartaruga rasteja até morrer, nua e sem nunca ter conhecido o mar, na mesma areia em que anos antes o pequeno caranguejo fez a ela uma proposta sedutora. Desta vez, nada pode desviá-la de sua natureza.

As conchinhas que acumulou seguirão a determinação de um testamento, e continuarão a circular, indiferentes, no esgoto por elas construído.

Assim acaba a história, publicada há apenas cinco semanas.

Arturo vai até a copa, se serve de uma caneca de chá preto, e a leva até a sala Nos Divertimos. Desaba sobre um puff colorido.

Como esperar algo assim de alguém como G.B.? De repente, alguém tridimensional. Arturo fica ali, mexendo o fio do chá, contemplando a grande cidade, ao fim da tarde, seu sonho salpicado de poluição, seu castelo de areia, sobreposto pelo reflexo de sua palidez cansada.

A fábula mexeu com ele. É como se um álbum de fotografias se abrisse diante dele. Fim de tarde no subúrbio. O sol perde intensidade. Há uma brisa úmida, e crianças na rua. A cruz luminosa, diante de prédios residenciais decadentes, pintura descascada, ferrugem. Cães se protegem na relva, meninos brincam de taco no asfalto. Crianças brincando em morros terrosos, de um vermelho cru. Na ponte aramada, um primeiro beijo sob o umbral majestoso do outono.

Volta à sua mesa, na redoma de vidro.

Abre o sistema de reconhecimentos da companhia. Um aplicativo interno onde gestores, executivos e colaboradores podem trocar elogios entre si. Os elogios podem ser trocados por prêmios – camisetas, bonés e souvenirs da empresa, ou até mesmo dinheiro. Abre o perfil de G.B. e lhe escreve uma mensagem.

Veja, G.B., eu venho por meio deste reconhecer seu desempenho e comportamento na tarde de ontem, quando apresentou, com grande competência, o projeto de melhorias contínuas entre as áreas. Estou muito animado para ver a execução do mesmo! Uhul!

Aproveitando, gostaria de dizer que o admiro grandemente como executivo, e que seu formulário de Avaliação de Desempenho me tomou um certo tempo, tentando identificar pontos de melhorias em alguém tão exemplar quanto você!

Bom, sem mais bajulações, meu amigo G.B. Acho que devíamos conversar mais. Acredito que tenhamos muito em comum.

Arturo aplica o recurso de GIFs animados, enviando junto do reconhecimento uma adorável tartaruga-marinha, sacudindo as nadadeiras na água cristalina como um pássaro bate as asas.

Envia o reconhecimento. Deve bastar.

***

Vão jantar na casa de uns amigos de Marcella. Kevin e Daniel são casados há oito anos. É quase impossível imaginá-los dissociados um do outro. Parecem morfologicamente projetados um para o outro. Moram em um prédio construído em uma elevação. Na janela da sala, a cidade iluminando um céu aberto e densamente poluído.

Passam a noite ouvindo música, bebendo vinho perto da janela, contando histórias, falando bobagens. Kevin conta que o casal está trabalhando em um documentário, chamado *Ilusões Perdidas*. A ideia é bastante simples. O documentário apresentará projetos fracassados ou que nunca saíram do papel, ambições que foram abandonadas e ficaram para trás. Para as gravações, saem pela cidade em busca de cidadãos anônimos dispostos a contar como e por que desistiram de seus sonhos.

Querem ver como está ficando?

Na televisão da sala, uma mulher de meia-idade, cabelos pretos, um pouco obesa. Ela conta que, em seu tempo de colégio, sonhava em ser uma estrela do rock. Fundou uma banda aos dezessete anos, a Scarlet Berries, com uma dupla de colegas da escola. Compuseram seis ou sete canções, apresentaram-se em garagens, pequenos bares, e em shows de talentos. *Há até algumas gravações*, ela afirma. No entanto, a separação se deu após a formatura, quando os caminhos se desencontraram. *Apenas Solange*, ela conta, *continua perseguindo esse sonho, tocando versões acústicas de outros artistas em barzinhos, artistas populares. Eu trabalho em escritório. Hilda, não sei... a gente perdeu contato.*

Na sequência, um homem que ambicionava ser diretor de cinema, e se mudar para a Patagônia argentina. Até que o pai foi diagnosticado com uma doença degenerativa, que o forçou a abdicar de seu projeto. Hoje ele é gerente de uma pequena agência bancária. Ganha um bom salário, e conseguiu diluir em quinze anos a dívida deixada pelo pai.

Uma mulher de trinta e poucos conquistou o sonho de se formar socióloga. Para pagar as contas, vende sobremesas à entrada de um prédio de salas corporativas no centro financeiro da cidade.

O frentista queria ser jogador de futebol. Ingressou na base de um clube, e era tido como uma promissora revelação. Quando descobriu que a namorada estava grávida, se deu conta que não poderia viver de promessas para sempre, e foi atrás de um emprego.

Um advogado queria se tornar professor de história da arte, porém acabou refém de um alto salário, com um excelente pacote de benefícios em um escritório conceituado. *É como se tivessem me colocado no alto de uma pilha de dinheiro, da qual não consigo mais descer.* O homem deixa uma lágrima cair. *Sou bem-sucedido, e tenho uma família que me ama. Mas é como se minha vida tivesse acabado.*

Há quanto tempo não vivia uma noite como esta? Bebendo vinho perto da janela, ouvindo música. Fica constrangido quando Marcella menciona que Arturo escrevia. Costumava escrever. É claro que eles demonstram interesse, e até se oferecem para adaptar um de seus textos para o cinema. Na manhã seguinte, nem sequer se lembrarão da conversa, mas e daí? Na manhã seguinte ele deve apresentar seu relatório final, o plano de contenção da concorrência. Está confiante. É um profissional competente, capaz de estabelecer um desempenho quase sempre satisfatório. De modo geral, é saudável e desenvolveu resistência emocional. Está na ponta dos cascos. Este é seu auge. É um profissional eficiente e vai se aposentar cedo, para então viver como se deve. Comprará um terreno em algum lugar ensolarado, de águas claras. Na Europa Latina. Terá dinheiro o bastante para pagar seu próprio plano de saúde, e com os rendimentos de seu pacote de ações poderá morrer em um bom asilo. Uma morte natural, pacífica. E ali perceberá, quem sabe, que o vértice da vida é agora mesmo, e a ele não se poderá voltar.

Nesta noite, fala aos amigos de Marcella sobre seus textos antigos. Há um personagem que, obcecado por uma garota que vive em Portugal, viaja, certa noite, até a casa de praia da família, faz um retrato dela em uma folha de papel e vai ao mar. Braçada a braçada, se distancia da cidade. O texto termina sem que o leitor saiba se o herói errático sucedeu em atravessar o oceano, se encontrou sua amada na outra margem. *Não é um bom texto*, e ele até se envergonha um pouco de tê-lo escrito. Mas seria capaz de imaginar algo tão imaturo, e por isso visceral, novamente? Começam a discutir atores que combinariam com os papéis, locações. Será que ele se sentiria confortável em entregar o texto a um diretor amador qualquer, alguém que faria o que quisesse com sua criação, profanaria suas intenções? Não vai dar em nada, mais uma vez.

Sente vontade de sair à rua, voltar para casa caminhando. São muitos bairros, e deve apresentar o relatório na manhã seguinte. Está cansado e um pouco bêbado. Marcella e seus amigos conversam entre si no sofá da sala, Arturo se isola na janela. A cidade parece um silencioso campo de estrelas. Há quanto tempo não vivia uma noite como esta? É como voltar àquela velha estação de tijolos corroídos, na madrugada. Há sempre um violão, há sempre um novato, e algo para beber. E cada um pode ser o que quiser. Não há limitações, você é do tamanho dos seus sonhos. Do tamanho dos seus pensamentos. É como voltar àquela praça circular. Há sempre uma briga, cigarros, um amigo. Pouco dinheiro para muita energia. Escrevia-se sobre morrer de amor. Não, se matar de amor. Tudo era inspiração, e o coração era selvagem. Bom, já acabou. C'est fini.

CARA LEITORA, CARO LEITOR

A **Cachalote** é um selo do grupo editorial **Aboio** criado em parceria com a **Lavoura Editorial.**

Lemos, selecionamos e editamos com muito cuidado e carinho cada um dos livros do nosso catálogo, buscando respeitar e favorecer o trabalho dos autores, de um lado, e entregar a vocês, leitores, uma experiência literária instigante.

Nada disso, portanto, faria sentido sem a confiança que os leitores depositam no nosso trabalho. E é por isso que convidamos vocês a fazerem cada vez mais parte do nosso oceano!

Todas as apoiadoras e apoiadores das pré-vendas da **Cachalote:**

— **têm o nome impresso nos agradecimentos dos livros;**
— **recebem 10% de desconto para a próxima compra de qualquer título do grupo Aboio.**

Conheçam nossos livros e autores pelos portais **cachalote.net** e **aboio.com.br** e siga nossos perfis nas redes sociais. Teremos prazer em dividir com vocês todos nossos projetos e novidades e, é claro, ouvir suas impressões para sempre aprendermos como melhorar!

Embarque e nade com a gente.

Cada livro é um mergulho que precisa emergir.

APOIADORAS E APOIADORES

Agradecemos às 155 pessoas que confiam e confiaram no trabalho feito pela equipe da **Cachalote**. Sem vocês, este livro não seria o mesmo.

A todos os que escolheram mergulhar com a gente em busca de vozes diversas da literatura brasileira contemporânea, nosso abraço.

E um convite: continuem acompanhando a **Cachalote** e conheçam nosso catálogo!

Adriane Figueira Batista
Alexander Hochiminh
Aléxis Kiosia
Aline Leão
Aline Salvagnane
Allan Gomes de Lorena
Amanda Luiza Pokrywiecki
Ana Laura Ferrari de A.
André Balbo
André Costa Lucena
André Lux
André Pimenta Mota
Andreas Chamorro
Andressa Anderson
Andressa Lima
Anthony Almeida
Arthur Lungov
Bianca Monteiro Garcia
Caco Ishak

Caio Balaio
Caio Girão
Calebe Guerra
Camilo Gomide
Carla Guerson
Carolina Gianna Ribeiro
Cecília Garcia
Cintia Brasileiro
Clara Duarte Barroso
claudine delgado
Cleber da Silva Luz
Cleison Dara
Cristina Machado
Daniel Dago
Daniel Dourado
Daniel Giotti
Daniel Guinezi
Daniel Leite
Daniel Longhi

Daniela Rosolen
Danilo Brandao
Denise Lucena Cavalcante
Denise Santos
Dheyne de Souza
Diogo Mizael
Eduarda Vaz
Eduardo H. Valmobida
Eduardo Rosal
Emanueli Reinert Dalsasso
Enzo Vignone
Fábio Franco
Fábio José da Silva Franco
Febraro de Oliveira
Fernanda Leal
Fernando Antonio
    de Aquino Costa Filho
Flávia Braz
Flávio Ilha
Francesca Cricelli
Frederico da C. V. de Souza
Gabo dos livros
Gabriel Cruz Lima
Gabriel Stroka Ceballos
Gabriela Machado Scafuri
Gael Rodrigues
Giselda Dantas Dos Santos
Giselle Bohn
Guilherme Belopede
Guilherme da Silva Braga
Gustavo Bechtold

Helder Yuuki Hisamatsu
Henrique Emanuel
Henrique Lederman Barreto
Italo Puccini
Jadson Rocha
Jailton Moreira
Jane Dantas dos S. Gianna
Jefferson Dias
Jessica Ziegler de Andrade
Jheferson Neves
João Luís Nogueira
José Alexandre A. Spezzotti
José Victor de Barros Pinto
Júlia Gamarano
Júlia Vita
Juliana Costa Cunha
Juliana Slatiner
Juliana Teodoro
Júlio César Bernardes Santos
Karla Nogueira
Katherine Funke
Laís Araruna de Aquino
Larissa Maria de Oliveira
Laura Redfern Navarro
Lauro Eduardo de Oliveira
Leitor Albino
Leonardo Pinto Silva
Leonardo Zeine
Lili Buarque
Lolita Beretta
Lorenzo Cavalcante

Luana Jacquet
Lucas Ferreira
Lucas Koehler
Lucas Lazzaretti
Lucas Verzola
Luciano Cavalcante Filho
Luciano Dutra
Luis Felipe Abreu
Luísa Machado
Luiz Fernando D. Borges
Manoela Machado Scafuri
Marcela Roldão
Marco Bardelli
Marcos Vinícius Almeida
Marcos Vitor Prado de Góes
Maria Eloiza Lamin Amaral
Maria F. V. de Almeida
Maria Inez Porto Queiroz
Mariana Donner
Mariana Figueiredo Pereira
Marina Lourenço
Mateus Magalhães
Mateus Torres Penedo Naves
Matheus Picanço Nunes
Mauro Paz
Michele de Oliveira Corrêa
Milena Martins Moura
Minska
Natalia Timerman
Natália Zuccala
Natan Schäfer

Otto Leopoldo Winck
Paula Maria
Paulo Scott
Pedro Torreão
Pietro Portugal
Rafael Dantas
Rafael Mussolini Silvestre
Ricardo Kaate Lima
Rodrigo Barreto de Menezes
Rosana Nassler
Sabrina da Silva Quariniri
Samara Belchior da Silva
Sergio Mello
Sérgio Porto
Thaís Campolina Martins
Thais Fernanda de Lorena
Thassio Gonçalves Ferreira
Thayná Facó
Tiago Moralles
Valdir Marte
Valmir Alves
Victor Carniato Vilela
Vitória Lemos Navarini
Weslley Silva Ferreira
Yvonne Miller

PUBLISHER Leopoldo Cavalcante
EDITOR-CHEFE André Balbo
REVISÃO Veneranda Fresconi
ASSISTÊNCIA EDITORIAL Nelson Nepomuceno
DIREÇÃO DE ARTE Luísa Machado
COMUNICAÇÃO Thayná Facó
COMERCIAL Marcela Roldão
PROJETO GRÁFICO Leopoldo Cavalcante
ILUSTRAÇÃO DA CAPA Bambi

© Cachalote, 2024

Dentes de Leite © Antonio Pokrywiecki, 2024

Grafia atualizada segundo o Acordo Ortográfico da Língua Portuguesa de 1990, que entrou em vigor no Brasil em 2009.

Os personagens e as situações desta obra são reais apenas no universo da ficção: não se referem a pessoas e fatos concretos, e não emitem opinião sobre eles.

Dados Internacionais de Catalogação na Publicação (CIP)
Eliane de Freitas Leite — Bibliotecária — CRB — 8/8415

Pokrywiecki, Antonio
   Dentes de leite / Antonio Pokrywiecki. -- São Paulo : Cachalote, 2024.

   ISBN 978-65-83003-09-6

   1. Ficção brasileira I. Título.

24-213880   CDD-B869.3

Índices para catálogo sistemático:
1. Ficção : Literatura brasileira

[2024]

Todos os direitos desta edição reservados à:
ABOIO EDITORA LTDA
São Paulo — SP
(11) 91580-3133
www.aboio.com.br
instagram.com/aboioeditora/
facebook.com/aboioeditora/

[Primeira edição, agosto de 2024]

Esta obra foi composta em Adobe Caslon Pro.
O miolo está no papel Pólen® Natural 80g/m².
A tiragem desta edição foi de 300 exemplares.
Impressão pelas Gráficas Loyola (SP/SP)

A marca FSC® é a garantia de que a madeira utilizada na fabricação do papel deste livro provém de florestas que foram gerenciadas de maneira ambientalmente correta, socialmente justa e economicamente viável, além de outras fontes de origem controlada.